CW00541021

COLLECTION FOLIO

Christian Bobin

Les ruines du ciel

Gallimard

Christian Bobin est né en 1951 au Creusot.

Il est l'auteur d'ouvrages dont les titres s'éclairent les uns les autres comme les fragments d'un seul puzzle. Entre autres : *Souveraineté du vide, Le Très-Bas, La part manquante, La plus que vive, La Présence pure, L'homme-joie, La grande vie, Noireclaire, Un bruit de balançoire, La nuit du cœur* et *Pierre,*. Il a reçu le prix d'Académie 2016 pour l'ensemble de son œuvre.

Le guichet du parloir

Angélique Arnauld, abbesse de Port-Royal, morte le 6 août 1661, passe devant la fenêtre du bureau où j'écris.

Au début du dix-septième siècle, l'avocat Arnauld cherche pour sa seconde fille un revenu assuré. Quand il lui fait obtenir le monastère de Port-Royal des Champs en 1602, elle a onze ans. Chaque âge dans ce siècle a son jouet attitré : le hochet pour les bébés, le cheval-bâton quand l'enfant marche, la toupie pour les plus grands. Angélique Arnauld a l'âge de gronder ses poupées de cire richement vêtues de soie quand elle devient abbesse de Port-Royal et prend la tête d'une maison de poupée pour les anges.

Port-Royal sera un des rares points de résistance au Roi-Soleil, un bouton de fièvre qu'il grattera jusqu'au sang. Le 29 octobre 1709 au matin Louis XIV fait expulser les dernières religieuses du monastère. Les bâtiments vides devenant un lieu de pèlerinage, il ordonne qu'on les rase. L'année suivante il fait déterrer les morts du cimetière. Ils sont exhumés, coupés à la bêche, jetés dans des paniers d'horticulteur, convoyés dans des charrettes jusqu'à une fosse commune. Des aubergistes volent les plaques tombales pour en faire des tables à boire. Le roi sourit, enfin repu.

Le parc devant la maison de retraite Saint-Henri au Creusot est rasé par les bulldozers. On y construit une résidence. La vierge en plâtre qui souriait aux vieillards hébétés de solitude a été expulsée.

*

Enfant je ne sortais pas dans les rues du Creusot. Elles étaient des rivières qui menaient à l'usine-océan. Je restais dans ma chambre, à lire. Je vivais dans un monastère dont aucun roi n'aurait pu abattre les murs de papier. Nous prenons nos métiers, nos visages et nos puissances dans l'enfance. Nous n'en changeons plus ensuite.

Le soleil se couchait au-dessus de la montagne des boulets. Son globe orangé a disparu en une seconde. Lire et écrire sont deux points de résistance à l'absolutisme du monde. On peut en trouver d'autres, comme cette gratitude qui accompagne la vue d'un soleil couchant, la joie éternelle de se sentir mortel.

Je ne suis pas fait pour ce monde. J'espère que je serai fait pour l'autre.

*

Trois bûches en ardente conversation dans l'âtre — trois rescapées de Port-Royal.

Les terres de Port-Royal des Champs comme celles, voisines, de Versailles, sont marécageuses. Les marais donnent à Versailles une nuée de courtisans — on en claque un, il en revient dix — et à Port-Royal une céleste lumière d'ortie éclairant les robes et les livres.

*

Le ciel s'était assombri d'un coup. Dieu laissait tomber. La seule grâce restait d'aimer sans réserve cette journée épuisante de ne donner aucun fruit.

L'odeur de la jacinthe — si forte qu'elle m'arrache au sortilège de ma lecture pour me faire admirer la grâce de son agonie.

Les parfums des fleurs sont les paroles d'un autre monde.

La mort a pris mon père mais elle a oublié son sourire, comme un cambrioleur surpris s'enfuit en abandonnant une partie de son butin.

« Dieu accessible au cœur et non à la raison » est la plus belle rose du rosier sauvage de Port-Royal.

Angélique Arnauld vers ses quinze ans, lasse de la vie monacale, entre en maladie. Sa famille la reprend, la soigne puis la remet au couvent. Le prêche d'un capucin lui fait soudain aimer cette vie retirée : elle décide de soulever chaque pierre du couvent pour le refonder dans le ciel. Le capucin était un homme fade, bientôt défroqué. Dieu aime parler à travers des bouches édentées, c'est son charme.

Les fleurs des champs sont des saintes qui s'arrachent au néant et s'élancent vers le ciel de toute la force de leurs tiges.

*

Les livres sont la résidence secondaire de l'âme. Quand elle pousse les volets de papier contre le mur, une lumière entre partout dans la pièce.

Un proverbe du dix-septième siècle dit, d'un homme qui a grand-faim, que « le soleil luit dans son ventre ».

Dans la brasserie à Vichy la serveuse s'était soudain tournée vers son collègue qui venait de finir son service : « À demain Didier ! » Elle avait lancé ces mots de rien avec tant de gaieté que je les ai reçus comme une page de théologie vivante, un coup d'éclat mettant la mort échec et mat : il y aura toujours un « demain » et les visages familiers reviendront, passé la nuit de leur disparition.

Les genêts envahissent le pré en friche comme des soleils à retardement.

Les pissenlits se multiplient devant la maison comme les notes dans les *Variations Goldberg* de Bach : d'abord quelques-uns, isolés, timides, et soudain une chaude pluie d'or partout sur l'herbe verte.

Il n'y a aucune différence entre croire et vivre.

Ce matin j'ai pris une douche de clavecin.

Le 25 septembre 1609 Angélique Arnauld trace dans son cœur un cercle de craie : elle refuse de recevoir sa famille ailleurs qu'au guichet du parloir. Les bourdonnements du monde n'entreront plus dans le couvent. Ainsi peut commencer la cavale de l'âme dont Dieu seul désormais tient les brides.

Pas d'infini sans clôture.

*

À Orléans, devant le tableau de Rembrandt, j'étais plus ébloui par le vernis sur la peinture que par la peinture elle-même.

La pharmacienne me parle de sa petite enfance quand, assise à un bout d'une table de cuisine, penchée sur un bol de décoction fumante, une serviette sur la tête, elle se livrait à des inhalations, tandis qu'à l'autre bout sa grand-mère étalait sur la toile cirée la pâte peinte à l'or fin d'une tarte aux pommes. Ce souvenir brille dans sa parole comme un petit tableau de maître hollandais. Les vrais chefs-d'œuvre dorment au fond des âmes.

*

Je cherche une pensée aussi heureuse que la couleur jaune du citron dans l'assiette.

Nous faisons les malins mais nous en savons plutôt moins que les nouveau-nés au fond de leurs berceaux. Nos yeux sont moins ouverts, nos craintes moins pures et nos joies moins aiguës. Jean-Sébastien Bach rapproche de nous quelque chose de ces premiers temps en faisant tourner au-dessus de notre âme étonnée un mobile musical composé avec les seuls atomes de l'air.

Carnaval était passé, les enfants de l'école de Saint-Sernin avaient jeté dans les rues des centaines de confettis roses, jaunes, verts et bleus, bientôt balayés par les employés municipaux. Le vent en avait entassé contre le trottoir, devant la poste où cet après-midi il en relançait une poignée en l'air, donnant une petite fête mélancolique, inaperçue de tous.

Les feux d'artifice sont des déceptions colorées.

*

Pourquoi voyager ? Je fais dix mètres dehors et je suis envahi de visions, submergé : je ne marche pas sous le ciel mais au fond de lui, avec sur mon crâne des tonnes de bleu. Je suffoque de tant respirer, rassasié d'air et de lumière. En dix secondes j'ai fait une promenade de dix siècles. La vie a une densité explosive. Un minuscule caillou contient tous les royaumes.

Quand je sens les cristaux de l'air glacé heurter mes joues, je sais immédiatement que j'existe et que Dieu existe avec moi.

Il n'y a qu'une seule vie et elle est sans fin.

Saint François de Sales enseigne chaque dimanche le catéchisme aux enfants. Une heure avant la leçon un homme payé par lui, coiffé d'une casaque violette, traverse les rues de la ville en agitant une sonnette et en criant, comme un cirque fait sa réclame : « À la doctrine chrétienne, à la doctrine chrétienne, on vous enseignera les chemins du paradis ! » Les enfants sortent à ce bruit comme des chatons qui viennent d'entendre poser à terre l'écuelle remplie de lait.

Sur le parking sans grâce de la montagne des Boulets, la lumière aveuglante d'un tronc de bouleau m'attirait comme l'affiche d'un prochain spectacle céleste.

*

Écouter une sonate de Bach jouée par Dinu Lipatti, c'est savourer un fruit offert par un mort.

Quelques heures avant sa mort, le 17 novembre 1624, Jakob Boehme demande à son fils d'ouvrir toutes les portes dans la maison endormie, pour mieux entendre une musique que lui seul perçoit.

*

Il est décidé de tout mettre en commun dans le couvent de Port-Royal. Une sœur âgée résiste. Elle garde dans sa poche la clé d'un jardinet auquel elle seule a accès. Au bout de quelques jours elle rend son bien. Le jardinet aussitôt s'illumine, des anges taillent son rosier tandis que la sœur, d'un pas léger de jeune fille, entre dans la clairière de pauvreté.

Dieu tenait au dix-septième siècle la place qu'aujourd'hui tient l'argent. Les dégâts étaient moindres.

*

Les livres sont des cloîtres de papier. On peut s'y promener jour et nuit. Le jardin au centre des cloîtres symbolise le paradis. Avec le temps je suis devenu jardinier au paradis, passant chaque matin un râteau d'encre sur une étroite terre de papier blanc. Il importe que tout soit harmonieux : le paradis n'est pas fait pour qu'on y vive mais pour qu'on le contemple et que, d'un seul coup d'œil sur lui, l'âme soit réconfortée.

*

Chaque jour des cartes neuves.

*

L'abbé de Saint-Cyran et Jansénius, les deux inspirateurs de Port-Royal, passent le meilleur de leur jeunesse chez la mère de Saint-Cyran, près de Bayonne, à lire les pères de l'Église. Les jeunes gens ne s'arrachent à leurs études que pour le jeu de volant où tous deux excellent. L'océan lèche le pré où ils jouent. Le ciel frotté de nuages se réjouit d'entendre rire ceux qui nourrissent le feu de leurs vingt ans avec le papier des grimoires.

À Paris Saint-Cyran possède un fauteuil usagé avec un pupitre greffé sur un bras : c'est la maison de Jansénius quand il y séjourne. Il lit, mange et dort dans ce fauteuil. Il se vante d'avoir lu dix fois les œuvres complètes de saint Augustin.

Le paradis est une bibliothèque dont tous les rayons sont dévalisés.

*

Le clochard qui passe ses jours assis en tailleur devant le bureau de tabac était entré à l'intérieur et feuilletait la revue *Châteaux et belles demeures*.

Pour Bonnard, ce qu'il y a de plus beau dans un musée, ce sont les fenêtres.

*

La musique de Jean-Sébastien Bach est la dernière colonne d'un temple détruit.

Dans chaque nouveau-né Dieu se remet entre nos mains peu sûres, comme un joueur qui, avec panache, relance le jeu auquel il a mille fois perdu.

*

Saint-Simon parlant de la duchesse de Bourgogne dit qu'elle marchait « sur la pointe des fleurs ». Au dix-septième siècle même les garçons d'écurie parlent cette langue où les mots s'entrechoquent comme des verres de cristal remplis d'une lumière printanière.

*

Quand sa compagne meurt, Bonnard, sur l'agenda où il crayonne un dessin par jour, ne trace qu'une croix minuscule — une brindille de calvaire.

En 1609 paraît sans nom d'auteur un petit livre recensant les trente-quatre situations où l'on peut se tuer sans perdre son âme. Il est écrit par l'abbé Saint-Cyran pour répondre à une question posée par Henri IV après qu'un de ses courtisans lui eut assuré que, si son roi mourait de faim, il s'offrirait en nourriture. L'époque est grosse de ces livres aujourd'hui semblables à des coquillages fossiles pris dans l'argile. Nos raisonnements vieillissent plus vite que nos âmes.

En 1626 l'abbaye de Port-Royal déménage momentanément pour fuir la fièvre des marais. Les sœurs s'installent à Paris dans le faubourg Saint-Jacques. Une dévote y vient, donnant de son argent et en faisant perdre encore plus. Elle joue du luth au parloir, fait construire pour elle seule un oratoire peint de camaïeu, aménage une terrasse devant sa chambre avec des caisses d'orangers, vide les poches de Dieu qui s'en réjouit.

Toute notre vie n'est faite que d'échecs et ces échecs sont des carreaux cassés par où l'air entre.

*

Le vieil homme me montre les premières violettes cueillies au bas de son immeuble : des religieuses dans le creux de sa main ridée, effarées de mourir loin de leurs sœurs. Une joie passe ses yeux. « Il y a quand même des miracles dans cette vie », me dit-il, donnant par cette parole une sépulture lumineuse aux jeunes contemplatives.

En 1638 des hommes et des enfants viennent vivre à côté des religieuses de Port-Royal. Leurs récitations et leurs chants ceinturent le couvent d'un bas bruit de rivière.

Une goutte d'or glisse du feuillage de l'arbre du paradis jusqu'au fond de l'âme insouciante.

Selon Saint-Cyran nul ne sera heureux dans le ciel s'il ne l'a été sur la terre.

*

Quand le luthier a défait la mèche de l'archet puis ramené celui-ci sous la lampe, la brusque ondulation donnée aux crins a fait apparaître un cheval dont les ruades brisaient tout dans l'atelier.

*

Les Mémoires jansénistes sont inlassablement recopiés. Vuillard, un ami des derniers temps de Port-Royal, dit que ces copies sont pour lui « ce qu'étaient pour les anciens solitaires les paniers et les corbeilles de jonc ou d'osier qu'ils envoyaient vendre pour en vivre et pour en soulager quelques pauvres ».

Les gens de Port-Royal sont les vanniers de l'absolu. Ils font du langage un panier de silences dorés.

Les sons du clavecin de Bach tressent une corbeille d'air. Du bleu passe entre chaque note. Ses *Suites françaises* sont comme les paniers d'osier que le gitan au marché du Creusot étalait sur le trottoir et que le ciel remplissait de bleuets invisibles.

*

Les cheveux blancs des herbes hautes.

Le soleil, passant à travers l'osier du panier des courses, peint sur le carrelage de la cuisine un panier d'ombre où ce qui brille est le vide entre les brins — fantôme du vent dans les oseraies.

*

Emily Dickinson a passé ses jours et ses nuits dans la prunelle de Dieu : invisible et voyant tout.

Les poètes traversent la vie avec entre leurs doigts une lettre en feu. Leurs livres en sont la cendre.

*

L'art de vivre consiste à garder intact le sentiment de la vie et à ne jamais déserter le point d'émerveillement et de sidération qui seul permet à l'âme de voir.

Le monde ne devient réel que pour qui le regarde avec l'attention qui sert à extraire d'un poème le soleil qu'il contient.

Parlant mal le français il ne participe que du bout de son sourire à la conversation du groupe. Il dit avec une lenteur de nuage : « J'ai fait des études scientifiques mais les sciences vous donnent une vérité de plus en plus petite et à la fin vous n'avez plus rien dans les mains. La vérité est quelque chose de souple, de fluide, d'ailleurs ce n'est pas une chose, il n'y a que la poésie qui la donne. » Puis il remonte dans son sourire. À l'heure de la séparation il me demande si le cerisier devant la maison porte des cerises noires ou rouges. « Chez moi, en Allemagne, l'odeur des cerisiers est si forte qu'elle m'enivre. » Et il s'en va, laissant le sillage de son sourire fiévreux. Les anges ont les poches bourrées de questions. Aucune réponse ne les apaise.

*

La vie à chaque seconde s'éloigne de nous comme la chouette effraie déploie ses ailes neigeuses à l'instant où on la découvre.

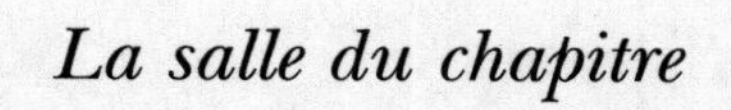

La salle du chapitre

En 1638 Richelieu fait incarcérer l'abbé de Saint-Cyran au château de Vincennes. De sa cellule, avec des lettres écrites au crayon de plomb, Saint-Cyran éclaire son troupeau de Port-Royal. À une petite-nièce il cache son état et envoie une lettre aussi colorée qu'un Évangile d'Épinal : « Depuis que je suis dans un beau château où le roi m'a fait mettre, je n'ai cessé de prier Dieu pour lui et pour vous… J'aurais volontiers retenu votre chat qui était si beau, mais ma chambre est si petite que nous n'y pouvions demeurer tous deux… Je suis bien aise que vous êtes si gaie, c'est signe que vous aimez bien Dieu… »

*

Un ciel gris ardoise dont un ange maussade est le couvreur mal payé.

Tout ce qu'on fait en soupirant est taché de néant.

Chaque jour a son poison et, pour qui sait voir, son antidote.

Son visage était toute la soirée à un mètre du mien comme une porte en bois dont j'attendais qu'elle s'ouvre pour que le maître de maison enfin paraisse.

Sur la vieille porte brune de la boulangerie de Saint-Sernin l'annonce « plus de pains » était placardée en grosses lettres bruyantes comme un avis d'entrée en guerre.

*

Je lisais une lettre par-dessus l'épaule de Saint-Cyran dans sa prison de Vincennes, quand une mésange, agrippant ses pattes en bois d'allumette au bord de la fenêtre, me fit en une seconde traverser trois siècles pour m'enchaîner à sa grâce craintive.

*

Leurs trois têtes riaient devant moi comme trois cailloux bosselés frappés de soleil. La fraternité — cette confiance follement donnée à l'inconnu — remet le ciel en marche.

*

Ce n'est pas compliqué d'écrire : il suffit d'y donner chaque seconde de sa vie.

*

Elle était vieille, rude et vive. Ses yeux vrillés dans le bois de son crâne cherchaient leurs interlocuteurs au bout du monde. Elle faisait pour sa famille des meringues légères comme des nuages. Elle en offrait parfois à ma mère. Elle était de cette race divine à laquelle appartiennent toutes les femmes et tous les hommes sans exception. Les meringues de la déesse collaient aux dents. À présent elle est morte et son visage est sur la paroi de mon cerveau comme une affiche à demi décollée. Chacun de nous porte au fond de lui un Dieu que les autres dieux qu'il croise ignorent.

*

La vision du chat noir au milieu des pissenlits jaunes : j'étais au paradis des yeux.

L'écriture est une mendiante qui donne une pièce en or à chaque passant.

*

Elle range ses courses devant moi dans un panier bruni dont la grâce m'émerveille. Je lui demande où elle l'a trouvé. Elle me dit que son père, quand elle était enfant, allait le dimanche dans les oseraies couper les fines branches, pour en faire des paniers. Puis il est mort. Ses enfants se sont partagé les paniers et aujourd'hui ils s'en vont faire leurs courses, leur père mort à leur bras, léger comme l'air au bord des oseraies.

*

Une neige qui ne tient pas au sol — une religieuse morte au matin de sa prise d'habit.

*

Deux sortes de paradis : venir en aide à quelqu'un et lire un livre.

*

Dans la station d'essence mitraillée par la giboulée, attendant que se remplisse le réservoir de la voiture, je me suis rappelé soudain que j'étais vivant et la gloire a d'un coup transfiguré tout ce que je voyais. Plus rien n'était laid ni indifférent. Je connaissais ce qui était retiré aux agonisants. Je le goûtais pour eux, je leur offrais silencieusement cette splendeur effrayante de chaque seconde. Au loin, sur la route argentée par la pluie, un grand chien noir pétrifié, de profil, comme découpé dans de la tôle, attendait qu'un ange fracasse le monde.

*

Après la mort de Vermeer en 1675 sa veuve donne deux de ses tableaux au boulanger pour éteindre une dette due à plusieurs années de consommation de pain. D'un côté la luminosité de nacre des peintures, de l'autre la croûte dorée du pain chaud : l'échange est bien plus satisfaisant pour l'esprit que le rapport aujourd'hui obligé entre un chef-d'œuvre et de l'argent. Le pain et la beauté sont deux royaumes comparables, deux nourritures indispensables à la vie éternelle de chaque jour.

Jansénisme : le nom est dur comme la croûte d'un pain dont la mie est tendre, alvéolée et infiniment respirante.

Ton cœur était leur boulanger.

*

Dans une première vision apparaissent dans les rues de la grande ville des dizaines de visages d'assassins et quelques figures de saints aussi rares que des trèfles à quatre feuilles. Dans une seconde vision, plus appuyée, la ville n'est peuplée que d'innocents en marche vers le couperet de lumière.

*

Sur son échafaudage de notes, Jean-Sébastien Bach lave en sifflant les vitres de l'éternel.

Cette étrange gaieté sans laquelle rien de vrai ne peut se faire.

Avant d'ouvrir les yeux j'ai entendu l'applaudissement de la pluie contre les volets. Louis XIV n'était pas mieux accueilli à son réveil.

Saint-Cyran meurt en 1643. Son cœur revient par testament à Monsieur d'Andilly. Monsieur Lemaistre demande les mains qui écrivaient des phrases si nobles. On les tranche et on les lui donne. Les reliques des saints sont les poupées de la mort. L'âme qui n'est rien qui se puisse cisailler n'est réclamée par personne.

*

Quand parle la bouche de douleur on ne peut plus que se taire.

Les plus graves problèmes ne sont que des lacets d'enfant mouillés : plus on tire dessus, plus on les rend impossibles à dénouer.

*

L'âme est une pierre détachée d'une montagne de lumière. Elle roule jusqu'à la vitre noire de la mort qu'elle fait voler en éclats.

Le drame est le dernier coup de pouce de Dieu après que nous avons refusé tous les autres.

*

Monsieur de La Rivière quitte le monde où il a une bonne place pour devenir garde des bois de Port-Royal. Dormant habillé sur une paillasse, il passe ses jours dans la forêt, une bible en hébreu entre ses mains, déchiffrée par le murmure talmudique des grands chênes. Monsieur de La Petitière, au sang bouillant, dont on dit que « le feu lui sort par les yeux », renonce à une carrière militaire assurée pour se faire le cordonnier des religieuses. Le ciel pour qui l'a vu une fois est sans rival.

*

Une promenade sur le chemin des sangliers. L'odeur de résine du bois fraîchement coupé guérit l'âme de ses enfers.

Laver une assiette ou éplucher un légume c'est devenir un enfant de chœur de la lumière terrestre. Les asperges épluchées à grands traits s'illuminent en s'amincissant, devenant de fines règles de marbre.

*

Impérialement seul avec sa douleur dans le grand magasin, il avait sur lui, dans l'amplitude de ses gestes et le martelé de sa voix, ce signe des fous qui ne pensent pas être vus. La folie est la pièce du fond où l'on vous pousse après vous avoir chassé de toutes les autres. Il parla plusieurs minutes à la vendeuse qui ne le regardait pas et attendait impatiemment que ce fâcheux s'en aille plus loin battre le tambour de sa peine. La folie est dans ce monde plus seule que le Christ.

*

La phrase la plus tendre doit être écrite à la hache.

*

Le maçon montait son mur comme un poète écrit son poème, en prenant soin de chaque détail. La joie du travail en train de se faire ensoleillait son visage. « Un jour, dit-il, j'ai vu un rat énorme sortir d'une maison que je rénovais. Il était si laid que j'ai éclaté de rire. » Ce rire faisait de lui un sage. Le diable fuit de n'être pas pris au sérieux.

*

J'ai plusieurs erreurs sur l'étagère. Je ne sais pas laquelle prendre.

Comment pourrions-nous comprendre la vie : nous ne voyons que son dos. Quand elle tournera vers nous son visage ce sera la mort, le vrai début de la conversation.

À la seconde où la mort claque le livre de la vie, elle pénètre en entier chacune de ses phrases.

*

J'ai écarté le rideau. Le rouge-gorge dans le jardin m'a regardé avec cet étonnement pur qu'il y avait dans ses yeux noirs. J'ai laissé retomber le rideau. J'en avais assez vu pour la journée.

À cinq ans Louis XIV joue avec la fille d'une servante. Il lui sert de page, « la roulant dans une chaise et tenant le flambeau devant elle », abdiquant sa royauté pour le rire d'une fillette.

Les rois au dix-septième siècle vivent comme des gitans : leurs châteaux de province sont vides et, quand ils s'y rendent, ils font voyager leurs meubles avec eux.

*

Son père qui exerçait le métier méprisé de ferrailleur vient de mourir. « Je n'arriverai jamais à sa hauteur », dit le fils stupéfait de chagrin.

Les morts sont des penseurs qui ne supportent que le vrai.

*

Les contemplatifs de Port-Royal sont séduits par la nouvelle philosophie de Descartes pour qui le soleil est un amas de rognures, et les bêtes des automates insensibles à la douleur. La sagesse est un parapluie troué : personne n'est à l'abri de la mode.

Le peintre Vermeer a quinze enfants, presque autant que de grains de raisin dans une grappe. Aucun n'apparaît dans sa peinture.

Dans les ancêtres de Vermeer il y avait un faux-monnayeur. Il faut beaucoup de générations pour faire un saint. Chacun est nécessaire et travaille à son insu pour le ciel — même le faux-monnayeur.

*

On vole d'erreur en erreur jusqu'à la vérité finale.

Les oiseaux dans le jardin ignorent l'existence du mal.

*

Dix mètres en avant, un sanglier fuyait, droit sorti du seau à charbon de l'enfer, noir de boue, musclé comme dix mille gardes du corps, lancé sur le chemin comme une pensée dans la tête, impossible à arrêter.

*

Jean-Sébastien Bach masse ma cervelle avec ses mains en or.

*

Pascal enfant veut toujours connaître les raisons des choses. Sa sœur raconte comment, un invité ayant heurté à table avec son couteau une assiette de faïence, cela donna un son qui cessa dès qu'il mit la main sur l'assiette : l'enfant voulut sans délai comprendre la cause de ce son, et celle de sa disparition. L'écriture est le vaisselier de l'éternel : le bruit de l'assiette de faïence résonne quatre siècles après dans la tête du lecteur.

*

La sainteté c'est juste de ne pas faire vivre le mal qu'on a en soi.

*

À deux ans la vue de l'eau, ainsi que celle de ses parents quand ils se tiennent trop près l'un de l'autre, met Pascal en transe. Une femme avoue avoir jeté un sort à l'enfant pour se venger du père, officier de justice. La malédiction, dit-elle, amènera la mort sauf si on détourne le sort sur un animal. Un chat fera l'affaire. Pascal est tenu pour mort toute une soirée, puis sa petite âme remonte des abîmes. Il ne craint plus l'eau ni le couple parental. Seul désormais l'inquiète cet autre monde dont rien de solide ne nous sépare.

*

Les mousses le long du chemin forestier qui mène à la boîte aux lettres sont si lumineuses qu'elles me coupent sans arrêt la parole.

L'aiguille de Dieu est enfoncée dans toutes sortes de tissus dont je ne me lasse pas d'admirer la richesse.

Agrippé au radeau de la beauté.

*

Pascal a trois ans quand sa mère meurt. La pensée la remplace aussitôt. Elle fait le même travail impossible de rassurance.

*

Il y a toujours dans un livre, même mauvais, une phrase qui bondit au visage du lecteur comme si elle n'attendait que lui.

*

Un ange retourne le ciel à coups de pelle, faisant apparaître un bleu qui attire tous les oiseaux de l'âme.

Le rose maculé de gris des nuages me clouait le bec comme font les grands maîtres avec leurs disciples pressés.

Sans penser à rien je me suis trouvé au paradis. J'avais dû pousser une porte sans la voir.

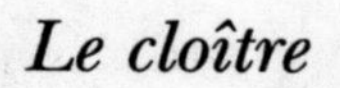
Le cloître

Pendant la Fronde, en 1649, la guerre entre les nobles et Louis XIV enfant pulvérise la sage ordonnance de Port-Royal. Blé, avoine et chaudrons s'entassent dans l'église. Il faut les enjamber pour accéder à l'autel où les solitaires ont empilé leurs livres. La basse-cour est envahie de bêtes. L'air est plein de pestilence et de prières. L'erreur des frondeurs est de faire la guerre à un enfant : Louis XIV n'oubliera jamais les nuits d'angoisse qu'il leur doit. Un diable sort du cœur des enfants humiliés.

*

Nous devrions être honorés d'avoir connu des gens qui sont morts.

*

Quand ma main d'enfant était enveloppée par la main de mon père, elle s'y trouvait plus en sûreté qu'un pauvre au Moyen Âge dans une église.

Vers 1660 Poussin peine à tenir son pinceau. Sa main tremble de plus en plus. Dans ce désastre de la chair il peint les « saisons » qui sont la part triomphante de son œuvre. L'âme du peintre est une abeille. Elle butine partout dans le monde sa nourriture dorée. Une paix incorruptible émane des tableaux. La main qui tremble n'est plus aujourd'hui que poussière. Elle continue de bénir les spectateurs sidérés.

*

Les jansénistes et leurs ennemis se disputent autour de l'idée de grâce, plus férocement que des chiens autour d'un os de lumière. Les gens de Port-Royal pensent que la grâce est tout, et qu'elle tombe comme une pluie d'été sur telle ou telle personne, sans lien avec aucun mérite : nos volontés et nos puissances ne sont rien. Un roi est sur ce point aussi misérable que le dernier de ses sujets. Rien n'agit jamais en nous que Dieu c'est-à-dire cette grande vague de joie sur laquelle nos vies, sans savoir comment, parfois se tiennent. Les saints sont ceux que cette vague engloutit.

*

Les renoncules et les iris flammés de jaune se battent comme des voyous dans le vase. C'est à qui raflera toute la lumière.

*

Ce sont les incrédules qui sont les vrais naïfs.

Le pissenlit — un soleil au saut du lit.

Toutes nos pensées reviennent à chercher la clé d'un paradis dont la porte est ouverte.

*

La buraliste me montre une photographie ancienne de son fils. Elle la sort d'un portefeuille de cuir rougeâtre, gonflé comme un sanglot. Toute sa fortune tient dans cette image d'un bébé crépu à plat ventre sur une peau de mouton. Chacun a sa blessure et son trésor au même endroit. Le lundi 23 novembre 1654 le barrage de la mort saute sous la pression de l'éternel et une joie engloutit Pascal, de dix heures et demie du soir à minuit et demi. Il note chaque détail de la révélation sur un parchemin qu'il coud dans la doublure de sa veste. Les actes notariaux du ciel ne le quittent plus : quand il change de veste, il fait passer le parchemin dans la veste neuve. Chacun de nous est un porteur d'icône et garde près de lui la trace d'une joie plus grande que la vie. L'icône avec le temps s'abîme. Son porteur disparaît. La joie reçue demeure — un brin d'herbe en or dans la nuit des mondes.

Le cheval doré de la jeunesse est passé au galop, puis la vie, puis la mort, puis cette paix qui vient des morts, comme une branche de lilas qu'ils nous tendent et que nous ne savons pas prendre. Aujourd'hui, si je pense à G., je revois une promenade dans la campagne innocente, un après-midi où nous lancions des galets sur un étang. Les ricochets soulèvent leurs étincelles plusieurs années après.

Le simple ignore la mort.

*

Quatre citrons sur une assiette au bord doré, avec chacun leur âme. Cela va d'un jaune laiteux à un jaune dur, avec pour l'un une grosse veine d'un vert tendre. Tels sont mes employeurs d'aujourd'hui.

Écrire — obéir à ce qu'on voit.

J'ai mon échec sous les yeux : un bouquet de mimosa dans un pot à eau. Il a ensoleillé mon petit déjeuner, embaumé ma journée et je suis incapable de faire un portrait de lui à la hauteur de sa générosité.

*

Leurs paroles étaient faites de morceaux du monde ajustés n'importe comment. Parfois les carreaux de céramique blanche de la convention se décollaient, laissant apparaître le fabuleux rougeoiement des âmes — ce qu'il y a en chacun d'inconsolable et de grand.

On ouvre les *Pensées* de Pascal, on plonge sa main dans le sac, on tire un papier, à tous les coups l'on gagne : c'est la reine qui sort, la dame de cœur, celle dont le visage est sans visage — la mort sans malveillance.

Les mannequins de seize ans avec leurs yeux d'assiettes creuses sont les martyrs du rien. Les gens de Port-Royal, nous regardant depuis leurs fenêtres éteintes, parlent d'une « fascination de la frivolité ».

C'est en octobre 1647 que les religieuses de Port-Royal adoptent comme habit le scapulaire blanc avec la grande croix écarlate. Les mannequins de Dieu ont une allure folle.

*

Une reine couverte de poux.

Le fourneau des étoiles.

Les lys blancs ne supportent pas la moindre impureté. À la première tache ils désertent. Port-Royal ne pouvait être que pur — ou rien.

Il y a la mode et il y a le ciel, et entre les deux, rien. Ce qui rend la lecture de la vie difficile, c'est qu'il y a des modes de tout, même du ciel.

Les *Suites pour violoncelle* de Bach, avec la spirale aérienne de leurs notes, révèlent l'architecture commune au brin d'herbe et à l'âme attentive, ce besoin de ciel qu'il y a partout, même dans les pierres.

*

Le savant casse les atomes comme un enfant éventre sa poupée pour voir ce qu'il y a dedans. Le poète est un enfant qui peigne sa poupée avec un peigne en or. Il y a la même différence entre la science et la poésie qu'entre un viol et un amour profond.

*

À l'entrée du Creusot, des vaches dans un pré, si blanches qu'elles semblent sculptées dans de la neige. Elles brillent comme les phrases aveuglantes d'un livre de sagesse.

Les pissenlits n'ont qu'une seule chose à dire, ils sont tout entiers centrés sur elle.

*

Monsieur de Vaubecourt aime l'or plus que tout. Son régiment pillard est surnommé « happe-tout ». Sa femme dévote, tandis qu'il entre en agonie, lui fait porter un cilice et un habit de moine. Il se réveille, se découvre dans cet habit, jure, « voulez-vous que j'aille au paradis en masque ? » puis meurt sur ces mots.

Le coiffeur ralenti par l'âge et la fatigue me coupait les cheveux avec une lenteur délicieuse, comme on doit couper l'herbe au paradis.

*

Les moineaux par leurs chants construisent des monastères qui durent une seconde. L'âme surprise dans leurs cloîtres ne craint plus de mourir.

Quand je serai mort je serai chez moi.

Les cent marches

Quelques vitraux de la cathédrale de Poitiers étaient cassés, comme les versaillaises fenêtres de l'usine du Creusot qui brûlent jour et nuit.

La religieuse à l'évêché : chacun de ses pas dans la maison projette des éclaboussures de lumière comme si elle marchait sur les eaux du lac de Tibériade. Sa gentillesse effondre les savants. Elle rit devant les équilibres de deux perruches poudrées de bleu dans une cage, et parle avec indulgence du merle effronté à qui elle donne du fromage dans une cour intérieure. Sur la table du déjeuner elle a posé un bouquet de muguet dont les grosses clochettes carillonnent leur confiance en la vie incompréhensible. Cela parle à l'âme aussi puissamment qu'un cri dans un psaume. La sœur fait partie d'une communauté à qui sont confiés des enfants égarés. Elle a pour eux la même sollicitude que pour les oiseaux mendiants. La communauté possède un jardin ébloui de muguet. Elle en a ramené quelques plants dans le jardin de l'évêché. « J'espère les voir prendre et se multiplier », dit celle qui ne peut s'empêcher de faire le bien comme d'autres font le mal — à foison.

*

L'âme de Thérèse de Lisieux est une petite fille qui tire Dieu par la manche.

La harpe est le rideau de perles du paradis.

*

La mésange charbonnière sur la barrière lance les étincelles d'or de son chant. C'est son travail et c'est le mien aussi.

Chacune de nos joies est une figure d'un vitrail. Notre mort est le plomb qui fait tenir l'ensemble.

*

L'époustouflante vertu contemplative des tout-petits : ils sont arrimés au réel. Rien pour eux de négligeable.

La mie de pain rêveusement déchiquetée par le nourrisson lui faisait découvrir plus d'étoiles qu'il n'y en a dans tout l'univers.

*

Dans la commune des Chevreaux, près de Saint-Firmin, un cerisier bénissait de ses aériennes fleurs blanches les anges et les criminels qui passaient sur le chemin.

Une trace de pieds nus sur la farine du cerveau.

Les iris ont pris leurs habits contre le mur de la maison. Chaque printemps voit se rouvrir leur couvent et le crépi du mur vibrer de leurs psaumes violets.

*

On dirait que les riches sont à un centime près.

*

Dans la cathédrale de Poitiers fraîche et dorée comme un sous-bois mouillé de boutons-d'or, c'était l'heure des vêpres. J'ai toujours aimé le féerique ennui que diffuse toute célébration religieuse : on nous tue à force de nous distraire.

Même quand Jean-Sébastien Bach m'ennuie je ne m'éloigne pas de lui : cet ennui me donne à penser et me nourrit, comme le pain sec qui est le plus réconfortant.

*

Tous nos spectacles se jouent sur une tombe.

*

Des immeubles du quartier du tennis ont vieilli, ils ont la couleur d'un biscuit sec avec des âmes vivantes prises à l'intérieur.

De n'importe quel endroit on a une vue imprenable sur le paradis.

*

L'austérité de Port-Royal implose en joie comme le muguet sur la table de l'évêque à Poitiers : parce qu'il n'y avait dans cette pièce où je prenais un petit déjeuner que ces grosses clochettes blanches, elles faisaient des murs nus ceux d'une suite royale enneigée.

Je me demande si l'herbe que je voyais par la fenêtre du train qui me menait à Birmingham savait qu'elle était anglaise.

La vieille dame endormie sur la banquette, sa tête appuyée contre la vitre sale : le soleil brossait son visage en jaune paille, sans oublier la tache mauve de la bouche grande ouverte. Les gens sont des chefs-d'œuvre qui prennent le train.

Dévalant par centaines les pentes du grand parc de Birmingham, les jacinthes bleues jetaient au ciel leurs âmes parfumées avant de s'écraser contre la muraille de l'air frais.

La langue anglaise, à l'entendre, a une note aristocratique en arrière-fond, dans le palais, comme si dans la gorge du parleur un serviteur à perruque apportait chaque mot sur un plateau d'argent, jusqu'à la barrière des dents.

*

Elle était vieille comme on l'est dans les contes. Assise sur sa chaise dans le jardin, près des plants de radis, face à la marée montante des myosotis, elle égrenait une poignée de vieux pissenlits. La mort n'osait plus venir au fond du jardin où irradiaient ses yeux bleus. Son émerveillement devant trois pissenlits rasés comme des bagnards m'émerveillait. Dans sa robe de chambre en laine bleue, avec sa petite tête ronde de l'art roman, elle rayonnait de génie. Elle savait — pour les subir par l'âge et la fatigue — des choses très nouvelles sur le ciel. Elle était dans un autre monde et ne tenait plus au nôtre que du bout des doigts, par le secret d'une délicatesse dont sont incapables les vivants acharnés à leurs affaires.

Les vieillards sont des livres saints d'os et de chair.

Le grand âge est le tambour voilé de Dieu.

*

De la vieille cathédrale de Coventry, détruite pendant la guerre, il ne reste que les murs. Nue comme la carcasse d'un aigle dont des insectes auraient nettoyé tous les os, elle vibre infiniment.

Ce qui a subi le martyre parle de la vie avec une grâce irréfutable.

Les mélancoliques maisons de Birmingham ont laissé dans les plis de mon cerveau une poudre de brique orangée.

La sœur de Pascal, religieuse à Port-Royal, pressée par les autorités de signer un formulaire contraire à sa foi, écrit dans le calme atomique de sa cellule : « Puisque les évêques ont des courages de filles, les filles doivent avoir des courages d'évêque. »

Notre enfance résiste à tout. Même notre mort ne pourra lui fermer les yeux.

*

La vie a besoin des livres comme les nuages ont besoin des flaques d'eau pour s'y mirer et s'y connaître.

La page est une maison dont il faut inlassablement aérer chaque chambre, changer ici l'eau des fleurs, remettre là des draps frais, rendre chaque phrase accueillante pour l'âme harassée par un long voyage.

Chaque fois qu'on simplifie on attrape Dieu.

*

Le singe de la méfiance avait sauté sur ses épaules.

*

Pour défendre les gens de Port-Royal contre les jésuites Pascal écrit ses *Provinciales* dans un français enjoué, couvert de rosée. Les soldats du roi traquent les imprimeurs mais ne peuvent élever de barrage assez haut contre le ciel. La femme d'un imprimeur entasse les plombs du prochain texte de Pascal dans son tablier et passe sans se faire arrêter au milieu des gardes.

L'armure sans défaut de la joie.

*

La pluie en guenilles frappe au carreau. Elle ne demande pas grand-chose, juste un regard, deux sous d'enfance.

*

Pour ne pas être inquiété Pascal prend un faux nom — Monsieur de Montalte — et s'installe dans l'auberge à l'enseigne du roi David, à Paris, juste en face du collège des jésuites que ses écrits pilonnent. Cette période clandestine est la plus heureuse de sa jeunesse. Les guerres invisibles font la santé de l'âme.

La jeunesse est le rire du malheur.

*

La moitié du citron coupé en deux me regardait avec une franchise stupéfiante.

*

Je n'arrive pas à bout de la sixième sonate pour violon et clavecin de Jean-Sébastien Bach : dès les premières notes un oiseau fabuleux jaillit d'un buisson et je n'écoute plus rien, je reste avec la merveille de cette apparition.

Parfois quelqu'un vous donne à manger en une seconde pour votre vie entière.

*

Sur une hauteur une grange est reliée au monastère de Port-Royal par un chemin de cent marches. Pascal souvent emprunte ce chemin qui mène au paradis du blé à côté duquel, en 1651, sont construites des salles de classe. Les cent marches s'illuminent du bruit des pas des écoliers.

Les corolles luisantes des boutons-d'or dans le pré : un tableau à peine fini, la peinture n'a pas eu le temps de sécher.

La fenêtre du bureau donne sur une petite école : des graminées qui écoutent les leçons du soleil et écrivent quelques phrases sous la dictée du vent.

*

Chaque fois que je parle d'André Dhôtel je ne rencontre que des fossoyeurs. C'est à croire qu'il est mort.

*

Les Petites Écoles de Port-Royal changent plusieurs fois de lieu jusqu'à leur destruction totale en 1660. La volée d'enfants se pose au château de Vaumurier, proche du monastère. Caillassés par les soldats du roi, les moineaux se cachent par paquets de dix chez tel ou tel de leurs maîtres. Puis, plus rien. Le roi a gagné. Il se rendort dans son palais de vitres que ne brise aucun fou rire d'enfant.

*

Le jardin retient son souffle, les hautes herbes sont toutes immobiles sauf une que trouble une confidence du vent.

Pascal lit les Évangiles comme un chasseur suit son gibier à la trace.

Trois roses fatiguées dans le pot à eau — trois cantatrices en robe de velours rouge descendant lentement l'escalier qu'il y a entre le ciel et la terre.

Les morts ont raflé toutes les fleurs du fleuriste.

Le sens de cette vie c'est de voir s'effondrer les uns après les autres tous les sens qu'on avait cru trouver.

Les ablutions musicales des oiseaux sont toute ma religion.

Marie des Anges Suireau est à Port-Royal en 1623 quand on l'appelle à Melun pour enseigner des novices. Trois années passent, si dures qu'elle en tombe gravement malade. À peine rétablie elle est nommée abbesse de Maubuisson où elle trouve l'enfer : les cisterciens, craignant que Marie des Anges ne détache Maubuisson de leur ordre, invitent les sœurs à tourmenter l'abbesse. Celle-ci vient en aide aux pauvres de la région. Les diables ecclésiastiques continuant de la harceler, elle démissionne en 1648. Elle revient à Port-Royal à dos de mule, car le carrosse la rend malade. Quatre ans plus tard elle meurt d'épuisement. Son corps est enterré à Port-Royal de Paris et son cœur à Port-Royal des Champs. Elle monte au ciel à dos de mule. Aucun carrosse ne va par là.

*

L'écriture est l'art d'écorcer le langage comme une branche de noisetier pour retrouver la lumière laiteuse du bois tendre par-dessous.

Ils viennent ce matin à deux me demander d'écrire : l'assiette cerclée d'or avec ses trois épis de blé peints, et la pluie qui vide le ciel de ses habitants comme faisait ma mère avec la cuisine, avant de la nettoyer à grande eau.

*

En 1676 la maîtresse du roi, Madame de Montespan, revêt la robe de conte de fées que lui offre son amant, « une robe d'or sur or, rebrodé d'or, et par-dessus un or frisé, rebroché d'un or mêlé avec un certain or, qui fait la plus divine étoffe qui ait jamais été imaginée ».

*

Il s'agit d'écrire un tout petit peu plus vite que la mort.

*

Au-dessus de l'étang de Saint-Sernin une hirondelle traçait des boucles à l'encre noire sur le ciel blanc. Son écriture parlait de la vie introuvable et jamais perdue.

Dans le dictionnaire de Furetière il est dit que l'hirondelle, avec l'herbe nommée « esclaire », guérit la vue de ses petits et même « rétablit leurs yeux quand on les aurait crevés exprès ».

*

De braves gens merveilleusement enfoncés dans leur vie simple comme le clou doré dans la tapisserie de l'éternel.

Quelle que soit la personne que tu regardes, sache qu'elle a déjà plusieurs fois traversé l'enfer.

*

Tout cercueil est un morceau de bois avec lequel Dieu nous tape sur la tête pour nous sortir de notre frénésie — mais cela ne nous calme qu'un très court temps.

Le jour de notre mort nous sommes faits rois.

*

Les religieuses de Port-Royal ont inquiété trois rois, Henri IV, Louis XIII et Louis XIV, jaloux de cette souveraineté devant laquelle ne s'inclinaient que les orties.

Des lavandières qui trempent leur cœur dans les eaux vertes des Évangiles.

*

Le couple dans la boucherie. L'homme serrait dans sa veste en cuir un tout petit chien noir. La tête de l'animal sortait de la veste — de gros yeux ronds huilés, un crâne étroit de velours noir avec un pli sur lequel la femme déposa soudain un baiser religieux. « C'est le seul garçon de la famille », me dit-elle. Ils formaient un trio convaincant sur la joie fantasque de cette vie. Dieu les cueillerait en grappe, il ne pourrait faire autrement.

Il n'y a aucune différence entre le paradis et l'enfer.

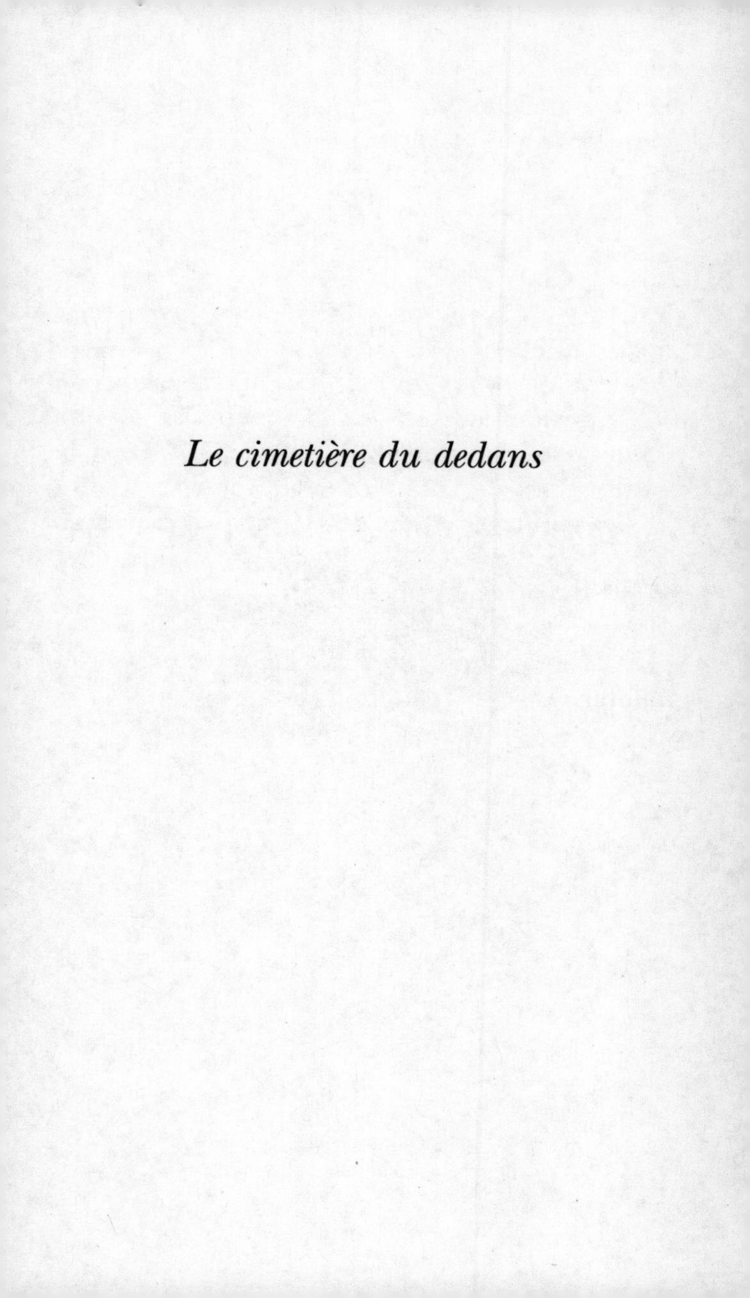

Le cimetière du dedans

Un onguent gras et blanc couvre le visage des femmes de l'aristocratie au dix-septième siècle. Sur leurs pommettes elles pulvérisent du rouge de carmin. « Avec leurs visages couleur de feu, dit une étrangère, les femmes françaises ressemblent à des moutons écorchés. » À ces fantômes rougeauds qui inspirent de vives passions, les religieuses de Port-Royal opposent la simplicité guerrière de leur habit — une croix écarlate sur une robe blanche — et leur visage fardé par la seule lumière de l'invisible.

*

Le vent traverse le pré comme un colporteur proposant les dernières nouvelles du ciel, des parfums de sureau, et de buis, et des papillons turquoise à la dernière mode.

Après les nuages, ce qu'il y a de plus beau au monde c'est un livre.

Chacun au fond du puits de son âme attend qu'un visage se penche à la margelle.

« Ma mère ne m'aimait point », dit Angélique Arnauld. Petite fille elle recherche la compagnie consolante de son grand-père à qui elle fait promettre de lui donner plus tard une abbaye. Tout Port-Royal s'est élevé sur cette carence de l'amour maternel.

Les plus purs châteaux sont bâtis sur un abîme.

« Enlevez-moi ça » : c'est ce que dit la mère de Callas à sa naissance, avant de reprendre sa fille quatre jours après. Le chant non humain de la diva monte de l'enfer de ces quatre jours.

Pascal a cru toute sa vie voir un abîme à son côté gauche. Cela lui donnait des vertiges et parfois il faisait mettre une chaise de ce côté pour se rassurer. Il savait son trouble imaginaire mais ne pouvait s'empêcher de le sentir.

La pensée est une chaise mise sur un gouffre.

L'évidente catastrophe où vit chacun de nous prépare des grâces inouïes.

*

La main de la mère relevant avec nonchalance une mèche de cheveux sur le front de son enfant lègue à celui-ci une douceur qu'une vie entière n'épuisera pas.

Au Moyen Âge dans les murs des hospices, on creusait un guichet où une mère affolée pouvait abandonner son nouveau-né. L'écriture est un guichet de papier où la vie nouvelle-née attend en confiance d'être adoptée.

*

Portant sa maison dans un sac-poubelle sur son épaule, vêtu d'un blouson de cuir goudronneux, d'un pantalon de survêtement gris sable et de mules de plastique noir, le clochard traversait le boulevard près de la gare du Nord. Personne ne lui prêtait attention. Il lançait ses jurons en anglais dans les airs où un ange titubait comme lui, portant les saintes lumières du jour sur ses épaules.

J'ai vu une fourmi monter sur une ortie, hésiter aux embranchements des feuilles, prendre un à un tous les chemins possibles, s'agripper quand le vent grondait, puis redescendre. Toutes les vies sont vécues par Dieu que rien n'épuise.

*

Quand j'écoute parler Jean Genet je vois une dentellière appliquée à son travail de pointe.

*

Comme des bougies qu'on souffle une à une, les derniers chants d'oiseaux s'éteignent puis c'est la nuit et l'âme commence sa veille, illuminée par ce qu'elle vient d'entendre.

Le ver luisant ressuscita en moi un enfant qui s'agenouilla dans l'herbe, adorant l'émeraude brûlante.

La mort nous prendra tous un par un, aussi innocemment qu'une petite fille cueillant une à une les fleurs d'un pré.

Au début du grand siècle la mode est aux cheveux longs. Lorsque Louis XIV, atteint de loupes, adopte la perruque « à cheveux vifs » qui demande un crâne rasé, cette coiffure saute sur toutes les têtes comme une méduse monstrueuse de poids et de crasse. La mode est un bourreau que ses victimes acclament.

*

Depuis que sa mère a la maladie d'Alzheimer, P. ne parle plus avec elle que du présent. Ils passent de longs moments ensemble à discuter de la forme des nuages dans le ciel. Un jour elle lui demande de venir de toute urgence « voir une merveille » : c'est pour lui montrer le chat endormi sur un coussin. Un autre jour elle rit aux larmes devant un petit citron poussé sur le citronnier dans son jardin. Sa maladie fait d'elle une visionnaire sans écriture. Les extases qu'elle subit lui donnent à voir les miracles que nos prétentions négligent.

La lumière passe à travers le noir, et quand elle ne passe plus son souvenir suffit, et quand son souvenir pâlit, son nom seul, à l'écrire, la fait revenir, comme si l'écriture était un appel dans le noir et que toujours quelqu'un ou quelque chose réponde.

*

La sagesse d'un vêtement c'est de tomber en poudre sur nous. C'était encore possible il y a cinquante ans.

La misère de vouloir faire riche.

*

Dieu est incommensurable. Lorsque j'écris son nom ce n'est pas pour convaincre de son existence mais pour fissurer la muraille de papier blanc.

Écrire — voler la bague en or au doigt d'osselets de la mort.

*

Je vais faire les courses au Creusot puis je les ramène à Port-Royal.

Avec la brutalité d'un jaloux, sa main baguée d'éclairs, l'orage frappait sans relâche les arbres alentour. Privée de courant, la maison s'est retrouvée toute une nuit voisine de celles de Port-Royal avec les bougies sur les tables et le grand velours noir sur les murs et les âmes.

Des graines de bleuet trouvées dans une sépulture romaine fleurissent des siècles après leur ensevelissement. Des grains de froment découverts dans une pyramide germent, donnant un « blé de momie ». La lecture des écrits de Port-Royal fait lever, quatre siècles après, un blé de lumière dans l'esprit du lecteur.

L'ange de la lecture fait rouler la pierre devant le sépulcre du livre.

L'amoureuse dans la rame du métro nicha soudain sa petite tête de fauvette dans le creux de l'épaule de son ami. Ses paupières se baissèrent lentement sous le poids de l'éternel. Par ce geste où l'amour fleurissait en somnolence, elle arrêtait la mort qui depuis le début du monde vient à notre rencontre. Assis sur la banquette je les regardais. J'avais sous les yeux le plus radieux traité de Port-Royal sur la grâce ignorée de cette vie.

Les murs de la prison de la Santé aperçus à travers la vitre du taxi étaient enduits d'une tristesse qui empêchait l'ange de la résurrection de les traverser.

Mon grand-père aimait dans le civet du lapin manger la tête, mais comme son père adorait le même morceau, il a dû attendre d'être orphelin pour savourer son mets favori : ma mère me raconte cette histoire que j'entends comme une parabole infernale de la vie en société où chacun guette la mort de l'autre pour enfin dévorer la tête du lapin cuit.

*

Le lecteur met un temps infini à déplier les phrases en papier de soie que Mallarmé écrit sur la mort de son fils, avant de découvrir la relique qu'elles protègent : une poupée pleurant une larme en or.

L'écriture est le roseau qui s'incline au passage du maître.

*

Le roi est à Versailles plus couvert de courtisans qu'un âne de mouches. Il tient audience jusque sur sa chaise percée d'où s'échappent comme des décrets divins les fumets de ses entrailles, pendant qu'à Port-Royal les solitaires font de leur cœur, aéré par le mouvement tournant des pages lues, une volière vibrante de lumière blanche.

Charles de Hillerin, prêtre à Paris, gagné par la ferveur des jansénistes, quitte sa paroisse et fonde en 1644 un Port-Royal miniature dans le Poitou, au pied de montagnes « où fourmillent les vipères et les aspics, attirés par la chaleur excessive de ce lieu ». Il y écrit sans souci d'être jamais lu des traités à la gloire du ciel qui engendre le soleil impassible, les serpents foudroyants et l'âme affolée de bonté.

Les mouches violettes sont les Bossuet de l'air. Elles sermonnent au-dessus de la décomposition de tout.

*

Un chevreuil a giclé du fourré, bondi pardessus la route. Mes yeux ont eu le temps de capturer la profonde luisance brune de ses muscles et j'ai connu la noblesse de ses journées où tout était tension — même le sommeil. C'était un livre de sagesse qui bondissait à travers la route, écrit par la vie divine comme tous les livres nécessaires.

*

Louis l'Épargneur est pendant dix ans cordonnier à Port-Royal des Champs. C'est un contemplatif qui ne parle que pour répondre et ne dit jamais aucun mot inutile. Sur son établi, au milieu des chaussures désossées et des lanières de cuir neuf, trône un Évangile sur un lutrin. Quand les solitaires sont chassés en 1660 il va à Paris, s'installe chez les frères cordonniers près de Saint-Eustache, où il exerce son art dans le même silence qu'à Port-Royal. Il meurt le 11 juin 1716 après avoir ravi la compagnie par la délicatesse de sa présence. On l'enterre au cimetière des Innocents d'où il monte dans l'azur pour ressemeler les sandales des anges voyageurs.

*

Le pré devant la fenêtre est une page d'écriture parfaite. Tout y vibre, rien de mort.

L'été brûlait toutes les fleurs du cimetière Saint-Charles. Pour atteindre la tombe de mon père il me fallait suivre une allée en pente forte et traverser les armées du soleil. Une lenteur contemplative montait du sol dans mes jambes, jusqu'à ma tête. Plus j'avançais et plus j'étais délivré de moi. J'arrivai en sueur devant la tombe pour y apprendre que le ciel ne lâche jamais ses enfants et que ce que nous appelons la vie est bien plus extraordinaire que tout ce que nous croyons.

Les tombes sont les seules paroles incontestables.

Les médecins imposent à Angélique Arnauld, dans ses derniers jours, de boire du lait de femme. Celle que sa mère « n'aimait point » juge cette nourriture pleine d'amertume.

Il y a quelque chose d'inguérissable qui traverse chaque vie de part en part et n'empêche ni la joie ni l'amour.

*

La voix précautionneuse de Jean Genet sculpte dans l'air son âme émerveillée d'avoir autant souffert.

*

Je lisais dans une bible de Port-Royal l'histoire d'Élisée ressuscitant un enfant mort. Relevant la tête vers la fenêtre, je vis deux nuages blancs se joindre dans le bleu pur. Je revins à ma lecture, incapable de savoir d'où venait cette joie affolant mon cœur — du livre qui parlait du ciel ou du ciel qui parlait de l'amour.

*

Les fleurs d'or des genêts sont des crachats divins.

Une ronce se balance au vent sous la fenêtre du bureau. À sa pointe, triomphent de toutes petites feuilles vertes. Dentelées, pleines d'un feu ardent, elles entament une vie candidement ignorante de la mort.

Savoir vraiment quelque chose c'est savoir, comme les nouveau-nés et les vieillards, que nous baignons dans une lumière d'ignorance.

*

Une brise passait au jardin, aucune feuille du tremble n'était indifférente à son chuchotement et chacune y répondait à sa façon : j'avais sous les yeux l'image d'une vie humaine sensible à tout, parfaite.

Boxé par un papillon.

Les roses trémières se penchent au bord de parler, porteuses d'une annonciation qui, lorsqu'on l'entend, change toute la vie.

La pluie qui fait chanter les pierres est la madone des refusés.

*

Le clochard fumait un cigare. C'est toujours merveilleux de voir quelqu'un ne pas répondre à l'imaginaire qu'on a de lui. L'inattendu est la signature authentique du divin.

Cette jeune femme de l'autre côté de la porte vitrée, avec ses deux enfants qui se mêlaient à ses jambes et la protégeaient du néant : à l'instant où elle a ouvert la porte, un rai de soleil l'a glorifiée. Il n'y a rien de plus beau à voir dans cette vie que les gens et la couronne qu'ils portent de travers sur leur tête, sans la connaître.

Les aboiements des chiens sur la route de campagne ont fait fuir le soleil.

À l'heure de mourir Angélique Arnauld s'inquiète du visage qui s'approche et dont tous les traits austères sont les siens.

L'âme — ce petit ciel dans les yeux qui change tout le temps et à la fin gèle comme de l'eau.

*

En 1645 Madeleine Briquet, orpheline, est confiée à Port-Royal à l'âge de trois ans. Elle y grandit en gaieté. À quinze ans elle fait le choix définitif de la vie monacale. Ses oncles grands bourgeois, pour l'en dissuader, la plongent quatre mois au milieu du monde dans l'espoir que les fêtes l'enivrent : elles ne font qu'affermir son goût d'une joie réelle. En 1664 un archevêque soumet les religieuses à un questionnaire.

Les insolentes réponses de la jeune Briquet renvoient l'homme d'Église à l'incurable mélancolie de sa sagesse. À la suite de cet interrogatoire, douze religieuses sont exilées dans d'autres monastères. Madeleine organise la résistance avec les sœurs qui restent. Interdite de communion, elle se confesse par écrit à un prêtre janséniste qui en retour lui fait parvenir sous un pli une hostie consacrée. Les années passent, l'archevêque se décolore dans ses dentelles, la petite Briquet meurt à quarante-sept ans plus fraîche que l'aube.

*

Le chat noir avec sa démarche ondulante — une pensée charbonneuse qui s'approche de moi.

La toile peinte du ciel accélérait son déroulement, des machinistes dans les coulisses s'affairaient, des nuages plus lumineux les uns que les autres défilaient à toute allure sous mes yeux, me faisant patienter en attendant que commence la pièce — celle où ma mort apparaît.

*

Léonard Fournier grandit près de Tours. À trente ans, ne sachant ni lire ni écrire, il vend ses biens et part sur les chemins. Les vagabondes lumières du ciel l'escortent jusqu'à Port-Royal où il s'occupe du jardin en échange de sa nourriture. Comme un enfant il tend à chaque visiteur un Évangile pour qu'il lui en lise une page. Chassé par les soldats du roi, il est accueilli à l'abbaye de Voisins, près d'Orléans. Quand la mort vient, il lui tend son âme pour qu'elle lui lise ce qui s'y trouvait d'ébloui.

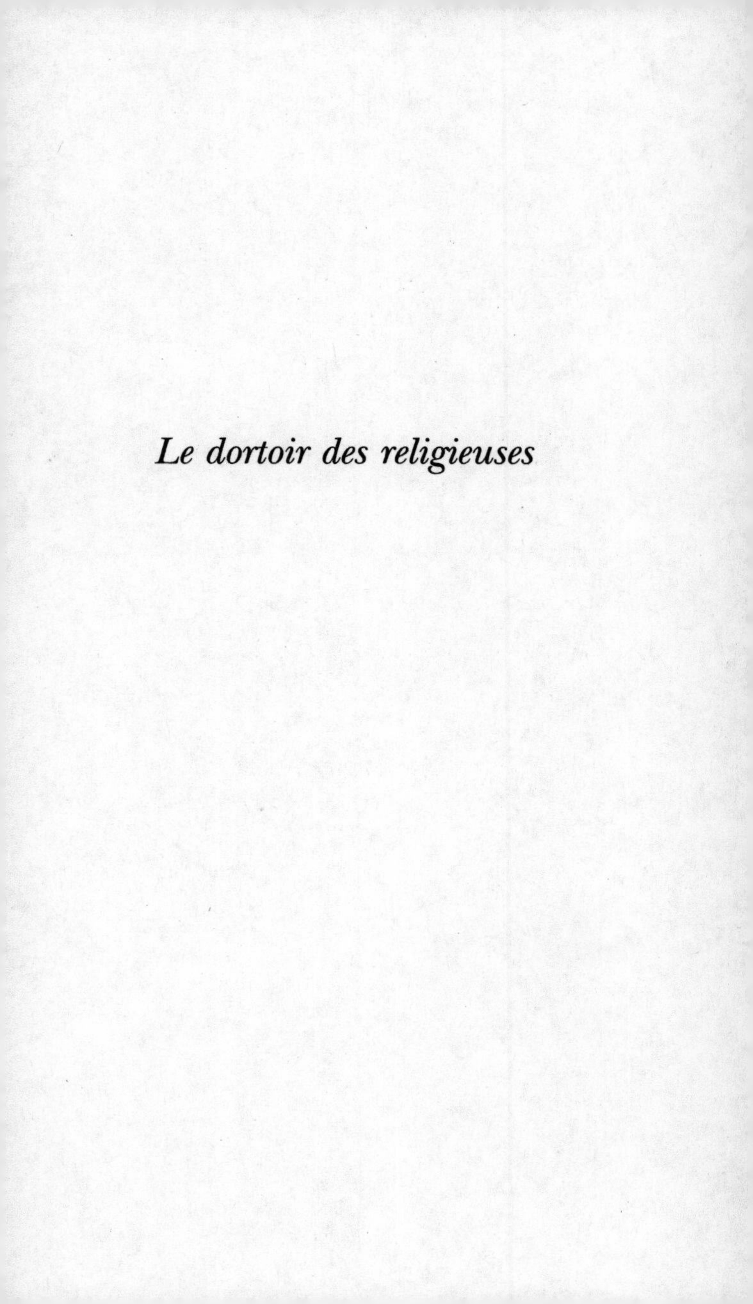

Le dortoir des religieuses

Monsieur Hamon est le médecin des heures martyres de Port-Royal. Les religieuses le pressent d'écrire des livres pour les conforter. Il en souffre et dit que c'est comme demander à un petit garçon d'aller faire tout seul les moissons en plein été, tête nue. Il rédige avec peine des traités aussi rêveurs que le vent sur les blés autour de Port-Royal. Il soigne aussi les paysans. Ceux-ci le voient passer sur les chemins, monté sur un âne, tricotant ou lisant un livre installé sur un pupitre qu'il a attaché à la selle. La lecture est son paradis. Il invente une échelle mentale dont les degrés s'élèvent de la lecture distraite à la méditation attentive puis à la gloire qui est l'instant où le lecteur, comme l'enfant juché sur les épaules de son père, touche le ciel d'une vérité brûlante.

Je demande à un livre qu'il me donne du courage et ne me trompe sur rien.

*

Même en enfer il y a peut-être un ange.

« Ils ne savent pas ce qu'ils font » est la parole la plus intelligente jamais dite. Elle fait du Christ le plus profond des voyants, son visage aux yeux d'or collé à la fenêtre du réel.

Ce qu'il y a de bien dans les Évangiles c'est que personne ne les a jamais lus.

*

Les arbres sont moins enjoués que les fleurs. Peut-être ont-ils plus de responsabilités.

Deux arbres artificiels accueillent la clientèle de la banque. La vie est dans ce lieu si maltraitée que même les faux arbres ont l'air d'y dépérir.

*

Ce je-ne-sais-quoi de secourable qui se trouve partout, dans la dentelle fait main d'une fougère, dans les rides de sagesse d'un vieux mur ou dans la procession des feuilles d'automne avec leurs robes sacerdotales rouges et brunes.

Les cheveux de la sorcière sont faits des serpents de notre lassitude.

*

La pluie s'est soudain mise à courir partout sur les trottoirs, éclaboussant les passants endeuillés de sa joie de gamine.

À quoi comparer l'éclat d'un poème sinon à l'aveuglante lumière du linge « mis à part » dans le tombeau vide au matin de Pâques ? Quelqu'un ou quelque chose s'est séparé de sa propre mort. Le poème comme le linge, tous deux « mis à part », témoignent de cette résurrection.

Les cercueils ne sont pas des miroirs.

En janvier 1655 Pascal s'absente de Port-Royal et va à Paris régler quelques affaires. Il y vit sans domestique et se soucie des enfants pauvres du nouveau quartier où il habite. On le voit dans les rues, entouré par une troupe d'enfants en loques comme un roi avec sa cour angélique.

*

Assis sur un banc de pierre à l'entrée du cimetière Saint-Henri où reposait sa femme morte depuis six mois, il maudissait devant moi sa fille et son gendre de n'avoir pas soin de lui. Sa douleur était un palais que ses malédictions ruinaient. Dans le cimetière, au carré des enfants, des agneaux de plâtre blanc avec des croix fleuries sur leur dos paissaient calmement les herbes de l'Éternel.

*

Écrire comme on taille une branche pour en extraire la flèche qu'elle promettait.

Le langage est un bois noble dont il faut suivre les veines pour lui donner par entailles successives, sans qu'il se brise, une transparence d'hostie.

*

Les nuages lèvent le camp. Ils vont rêver ailleurs. Le ciel après leur départ redevient une place de village étonnamment déserte.

Le paradis est un endroit où tout est en travaux.

*

La poésie est une pensée échappée de l'enclos des raisonnements, une cavale de lumière qui saute par-dessus la barrière du cerveau et file droit vers son maître invisible.

J'ai surpris les yeux de Dieu dans le bleu cassant d'une petite plume de geai.

*

À plus de quatre-vingts ans mon père malade s'était levé dans le milieu de la nuit, paniqué, persuadé d'avoir oublié de rejoindre son poste à l'usine. Une détresse sans appel creusait ses yeux. Cette nuit-là j'ai haï la société et ses horaires qui crucifient les âmes nomades.

*

L'honnêteté et la patience sont les racines du ciel.

Nous sommes tous pris dans un conte et le moindre de nos gestes a des conséquences éternelles. Le sourire d'une bergère engendre un saint — ou un diable.

Une seconde d'impatience et c'est toute une vaisselle angélique qui nous tombe sur la tête.

*

La caissière avait une énorme montre en or à son poignet. De l'or flottait aussi à son cou et à ses oreilles. Des rayons jaunes émanaient d'elle comme d'un ostensoir, se diluant dans la lumière plus puissante du magasin. Sur sa montre dorée, chaque pulsation de l'aiguille des secondes rapprochait la jeune femme du jour de sa mort, ramenant l'icône semée d'or à sa divine condition de mortelle.

Vers 1680 une favorite de Louis XIV, Mademoiselle de Fontanges, décoiffée par le vent au cours d'une promenade à cheval avec son amant royal, ramène ses cheveux sur sa tête et les noue d'un ruban dont les nœuds ruissellent sur son front, donnant naissance pour les vingt ans à venir à une coiffure à étages de plus en plus haute, dite « à la Fontanges ». Les accessoires qui soutiennent ces coiffures cathédrales s'appellent le « solitaire », le « chou », le « mousquetaire », le « dixième ciel », la « souris », le « croissant ». Dans leur dortoir avant de se coucher, les religieuses de Port-Royal défont leur coiffe et, passant une main sur leur crâne rasé pour la rafraîchir, n'y trouvent aucun ruban, aucune boucle de fer ou de toile, aucun nom faussement merveilleux.

Un simple mur sépare l'appartement de Madame de Sablé du monastère de Port-Royal de Paris. Aidant les religieuses dans leurs heures de détresse, elle obtient d'elles l'ouverture d'une porte donnant sur leur cloître. Madame de Sablé est aussi renommée dans Paris pour la saveur de son potage aux carottes que pour les soirées où La Rochefoucauld et Pascal croisent le fer de leurs pensées dans son salon. Elle ne perd de son brillant que devant la maladie : la plus bénigne lui fait craindre la mort. Elle passe la flamme d'une bougie sous le courrier reçu pour le purifier et, pour chasser les démons de l'air, fait brûler du bois de genièvre dans sa maison chaque fois qu'une religieuse meurt. La supérieure de Port-Royal l'avertit quotidiennement de la santé des sœurs. Au moindre rhume la porte reste fermée. En 1678 la mort ne fait qu'une bouchée de celle qui craignait tant de mourir. Le temps recueille la fleur des soirées de Madame de Sablé dans les livres des grands moralistes, mais ne garde rien du parfum des potages qui passait sous la porte close entre ce monde et l'autre.

*

Les bonds de l'écureuil égaré au carrefour de la Croix Menée étaient ceux de l'âme fuyant les écrasements du monde, loin de la forêt d'enfance.

*

Les *Concertos brandebourgeois* de Bach — une armée de tapissiers qui refont les papiers peints dans mon cerveau.

*

Avec J., lorsque nous parlons de la pluie, nous parlons bien de la même personne : dans sa maison de retraite J. ne maudit rien ni personne. La couleur violette de la moquette grumeleuse, devant sa chambre, l'émerveille comme un ciel étoilé chaque fois qu'elle la redécouvre. Elle a atteint cette zone où la vie n'est plus que le fait brut de vivre, source inépuisable de miracles.

*

Les nuages en aubes blanches se rendent aux offices de la lumière.

Rien ne ressemble plus à une bible ouverte sur un lutrin que la fougère dans son grand déploiement.

Les papillons qui bégaient, les abeilles chercheuses d'or et le vent qui comme un fou parle à tout le monde : mes maîtres sont devant moi, qui m'instruisent sans y penser.

Les petites lampes mauves des trèfles en fleur : béni soit celui qui les laisse allumées en plein jour. Il nous est si difficile de voir.

*

Ma mère avait une machine à coudre dont le mécanisme était mis en marche par une pédale et qui, travail accompli, rentrait en basculant à l'intérieur d'un meuble verni. Il y a la même machine cachée dans la musique de Bach. On peut entendre dans ses airs le cliquetis de l'aiguille sur l'étoffe du silence, tandis que les pieds de l'ange actionnent rythmiquement la pédale. Le travail des mères comme celui de Bach rafraîchit les tempes de Dieu et apaise le diable, ce pauvre enfant que tout panique.

*

Nous traversions la forêt attentive. Nos paroles s'épuisaient le long du chemin comme une monnaie si petite qu'on finit par l'oublier au fond d'une poche. La forêt s'est soudain mise à briller. Cette illumination était la signature du Dieu sur le contrat de l'air — l'assurance que rien de nos âmes enchantées ne glisserait jamais dans la mort négligente.

La porte rouge

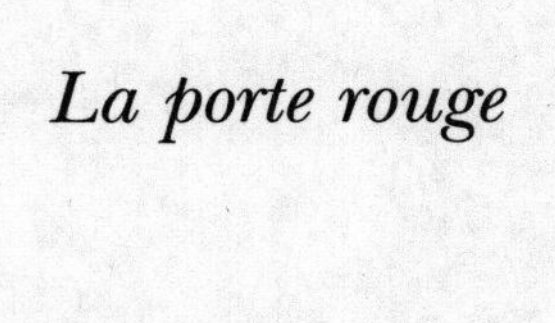

Les sœurs de Port-Royal demandent à celles qui les rejoignent de se taire quatre mois avant de chanter avec elles : le temps de quitter leurs voix mondaines et de trouver le timbre juste.

Sur le gravier d'une voix marche un ange ou un diable. Il faut pour distinguer l'un de l'autre avoir cette finesse qui se sent et ne s'explique pas — « l'oreille de l'âme » dont parlent les jansénistes.

*

Ce centenaire qui parlait de la Première Guerre mondiale avait un étroit visage de cuir bouilli. Ses yeux étaient deux billes d'acier. « Les balles sifflaient de tous côtés, j'ai pensé : il faut que je me sorte de là, personne ne m'aimera jamais autant que je m'aime. » Les vraies paroles jaillissent du fond des âmes. Elles explosent en plein ciel comme les obus de quarante.

*

Les bonds de neige du chat noir m'apprennent ce que devrait être la souplesse de l'âme dans le monde.

La main d'une brise qui rebrousse le duvet sur le ventre d'un moineau, l'eau qu'un soleil enflamme dans un verre, une phrase dans un livre, vaillante comme une petite fille sautant à la corde : les vrais secours ne sont jamais spectaculaires.

*

Ma mère est assise dans son salon comme une énigme dans une page de la Bible.

*

La marquise de Sablé demande à une servante de tenir toute la nuit près de son visage une bougie dont la flamme, dès qu'elle ouvrira les yeux, lui apprendra qu'elle est toujours vivante.

Les livres sont les bougies allumées que nous rapprochons de notre visage. La cire brûlante des mots coulant sur l'âme la tire du mortifère sommeil du monde.

*

Le jeune vendeur transpirait dans son bagne au milieu des matelas et des sommiers en solde. Portant la trop chaude chemise rouge à l'enseigne du magasin, il était son propre gardien. Les yeux gros et ronds, suant de bonne volonté, il souffrait d'une souffrance qu'il ne connaissait pas et servait au mieux un monde qui ignorait son âme immortelle.

Les yeux des pauvres sont des villes bombardées.

*

Fâchée par la plaisanterie d'un abbé, la marquise de Sablé refuse de le revoir. Il lui fait dire que, si elle ne lui pardonne pas, il invitera « tous les enfants rouges et blancs » à chanter un *De profundis* dans sa cour. Craignant d'en mourir elle fait aussitôt la paix.

*

Le chat a attrapé une sauterelle, en a fait un jouet d'agonie puis l'a croquée et Dieu qui était le chat et la sauterelle, bourreau et victime, est devenu fou.

La toile d'araignée frémit sous le vent, cathédrale de dentelle où la chaisière aux yeux noirs attend sans impatience le premier fidèle.

Entre notre âme et le néant, un voile coloré qu'un rien enflamme.

En 1679, alors que les persécutions reprennent, les sœurs de Port-Royal des Champs, enterrant une des leurs, glissent entre ses mains une lettre dans laquelle elles implorent le Christ de venir à leur secours. La messagère est descendue dans la fosse, la terre est jetée sur elle. L'humidité, les vers et les ténèbres commencent à ronger l'appel au roi des cieux contre le Roi-Soleil.

*

Le journal m'apprend sa mort. Je ne l'avais rencontré qu'une fois, il y a longtemps, et en oblique. Alors pourquoi cette légère peine ? Peut-être parce que personne ne nous est indifférent et que chacun de ceux que nous croisons entre à notre insu dans notre cœur pour s'y faire une chambre, même modeste, dans les combles où nous ne pensons pas souvent à monter. Notre cœur est plus grand seigneur que nous.

On parle à des gens et tout à coup ils ne sont plus là : on reste avec nos paroles coupées comme une jambe ou un bras.

Les fleurs dans les cimetières, par les cris de leurs couleurs, empêchent le ciel de passer trop vite au-dessus des tombes.

*

La vieille échelle de bois posée contre le vieux cerisier — tous deux si fatigués qu'ils ne supportent plus guère que le poids des étoiles.

*

« Monsieur, voudriez-vous bien être roi ? » demande au Dauphin l'huissier de la chambre où Louis XIII agonise, le ventre infesté de vers. « Non. — Et si votre père mourait ? — Si mon papa mourait, je me jetterais dans le fossé », répond le roitelet soleil, les yeux humides.

*

La montagne de bûches dans la cour : les œuvres choisies de la forêt attendant d'être classées.

Le bruit de deux bûches qui se heurtent donne à l'âme une joie plus profonde que celle donnée par la musique — comme si deux anges dans l'air avaient entrechoqué deux bols de bois, trinquant à la santé de la vie éphémère.

*

Le son de la flûte à bec de Haendel est pour le disquaire associé à une mélancolie de ses dix ans : venant de voir un film sur les enfants sauvages que cette musique accompagnait, il rentrait seul chez lui sous un ciel d'étain quand il surprit des enfants de son âge demi-nus plongeant dans un bassin, criant de joie au milieu de canards affolés. Cette vision s'était gravée dans son âme comme celle d'un inaccessible paradis, à chaque fois réouvert par la clé aigrelette du son de la flûte à bec.

*

La joie cruelle que donne le livre en train de s'écrire.

J'ai un petit godet de peinture jaune. Mon rôle est de peindre un pissenlit sur le mur blanc du réel.

*

Des dizaines de nuages faméliques, regroupés à l'horizon, comme une troupe mercenaire prête à s'élancer.

Le papillon aux ailes orangées s'est posé sur la fleur bleue du chardon, comme au bout du pinceau de Dieu la touche parfaite.

Revêtue de son royal manteau de peau noire marbrée de jaune, la salamandre traversait le chemin avec l'imperturbable calme de ceux qui ont tout compris de la vie et qu'elle ne doit nous inquiéter en rien.

Je marchais dans la rue des Martyrs au Creusot, comblé par la vue d'une mousse sur un muret et des écailles de peinture brune sur une porte. Une ville n'est jamais plus belle que dans ce qu'elle a de fatigué. Le petit soleil blanc de l'automne me montait à la tête. Le dentiste m'attendait. Il me fallait d'abord passer devant un magasin de bonbons à l'enseigne de « La Chique », puis tourner dans une impasse au fond de laquelle brillaient des merveilles oubliées — vieux garages aux murs de briques vineuses, hautes herbes jaunes dansant leur sabbat. Ensuite grimper un escalier étroit comme une certitude, entrer et m'asseoir devant une table proposant ses journaux flétris. J'avais emmené avec moi un livre du poète Jean Follain. Une lumière de vin de paille traversait les vitres imprécises de la salle d'attente. Tout ce que nous vivons espère être nommé. La lumière du ciel venait au Creusot chercher son nom dans le livre d'un poète mort à Paris le 10 mars 1971 à minuit dix, renversé par une voiture, quai des Tuileries. La poésie dispute ses proies aux ténèbres. Tout ce qu'elle touche s'enflamme. Elle le touche à peine, du bout des doigts, comme la femme impure des Évangiles qui effleure la frange du manteau du Christ et s'en découvre guérie. Chaque seconde est éternelle. Le dentiste, m'appelant par mon nom, ouvrait la porte et s'effaçait, préfigurant le geste qu'aura l'ange au jour ordinaire de ma mort pour me laisser passer.

Venu d'un village proche, Innocent Fai entre à Port-Royal comme charretier. Donnant son peu d'argent aux pauvres, il n'a aucun souci du lendemain. On le surprend parfois dans l'étable, priant « à genoux la tête nue entre les chevaux ». Les uns le disent simple, les autres sage. Les chevaux frémissent à sa venue, sentant leur cœur lourd s'affoler dans la caverne de leur poitrine, tandis que les prières s'élèvent le long de leurs flancs crottés jusqu'aux narines flattées de Dieu, là-haut, entre les poutres de chêne sombre.

*

Un soleil aux dents pourries.

Louis XIV, timide, ne supportait pas la vue de visages inconnus de lui.

Dans le poing fermé des monstres on trouve une pâquerette.

*

Un vieil Algérien assis sur le pont de la direction vendait des cacahuètes. Un verre était sa mesure. Mon grand-père ne savait rien refuser à personne : quand il ramenait à la maison un sac de cacahuètes, je comprenais qu'il était passé sur le pont. La main du temps a poussé le vendeur à la sauvette et son client craintif jusqu'au ciel où l'infini est la mesure. Le pont de la direction mène aujourd'hui encore au cœur encombré du Creusot. Si nous aimons assez la vie, la mort ne peut plus rien.

*

La pomme vert-de-gris, tombée d'un panier, attendait dans le caniveau de la rue des Martyrs. Le soleil accouru à son chevet parlait bas à l'orpheline, la retenant de donner son âme au désespoir.

*

La chaise de paille se mit soudain à exister bien plus que moi : exaltée par la lumière sa paille s'enflammait. Puis le soleil et ses millions d'abeilles sont partis ailleurs accrocher leur essaim, l'apparition a cessé. Trop tard : une seconde suffit pour voir le Dieu brûlant caché derrière la vie paisible.

*

Un scarabée en costume trois-pièces se rendait à la foire. Je me suis arrêté sur le chemin pour le laisser passer. Pendant quelques secondes il devint mon maître.

Quand j'ai vu l'écureuil traverser la route à l'entrée de Saint-Sernin, aussi souple qu'Abd el-Kader, j'ai su qu'aucun chagrin n'était définitif.

Le ciel n'est jamais le même, comme s'il cherchait à chaque seconde son vrai visage et récusait toutes les images possibles.

*

« L'allée des crapauds » où l'on médite un psaume, le petit bois couvert nommé « La solitude » où l'on pénètre par « La porte rouge » : les graves religieuses de Port-Royal donnent à leur jardin des noms que ne pouvaient trouver que les petites filles qu'elles sont restées sous la croix terrifiante.

Dans ce rêve je traversais avec mon père une chambre où de jeunes religieuses brodaient et bavardaient autour d'un lit où reposait une de leurs sœurs morte. Nous devions gagner la pièce voisine tout en évitant de regarder le visage de la défunte, prévenus par cette parole de la supérieure : « Les yeux des mortes ont des douceurs qui nous emportent. »

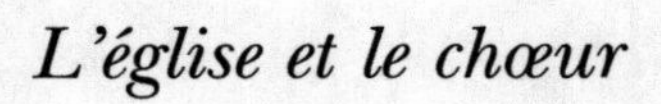

L'église et le chœur

La France au dix-septième siècle se couvre de mystiques comme un sous-bois de primevères. Le quiétisme donne d'aussi belles lumières que le jansénisme. C'est une manière pour l'âme de se tenir à distance d'elle-même, indifférente à son salut autant qu'à sa perte, soucieuse uniquement de suivre les mouvements subtils de l'éternel. Coller à Dieu et non à soi — Dieu n'étant que la paix qui descend comme une manne sur ceux qui n'attendent rien, ne veulent rien, n'empoignent rien. Le quiétisme est la nonchalance des anges.

*

Les deux sœurs de mon père vivaient dans une petite maison ouvrière pleine d'ombre. Aujourd'hui la pensée de cette ombre — mélange de suie, d'humidité et de sauvagerie — me fait revoir le visage des deux sœurs mieux que si elles avaient vécu en plein jour.

Rien ne nous apparaît que sur fond de néant.

Le philosophe de Rembrandt a besoin des ténèbres de son atelier pour condenser sur lui la lumière chauffée à blanc de sa solitude. Versailles est ce néant qui favorise le surgissement de Port-Royal. Les visages craintifs des courtisans permettent à la ferveur des yeux de Port-Royal d'éclater comme un incendie.

*

Le soleil est le grand maître. J'ai vu ce matin un de ses chefs-d'œuvre — une bouteille vide sur la pente herbeuse devant la gare. Il y avait dans cette scène une vie explosive et des verts admirables. La lumière sainte partout vibrait, du brin d'herbe au goulot vert émeraude et à l'étiquette blanc et or tournée vers le ciel illettré.

J'essaie avec des mots de peindre cette lumière qui vient d'entrer par la fenêtre et s'est plantée dans la peau rosée de la poire. Je n'y arrive pas et cet échec n'est pas sans gaieté — comme de perdre au jeu contre un ami.

*

Tout d'un coup je n'ai plus vu de ma mère que sa main droite, craquelée comme une bible ancienne. La peau, d'un brun doré à la Rembrandt, plissait à la racine des doigts comme un gant trop large. Cette main était éternelle tant elle était vivante, peinte sous mes yeux par un Dieu ornemaniste.

Dès que j'ai vu les nouveau-nés alignés dans la pouponnière j'ai reconnu mon peuple.

Les mains des nouveau-nés et celles des vieillards sont à un millimètre de l'infini.

Des Petites Écoles de Port-Royal broyées par Louis XIV, ne restent que les vers de Racine qui y fut élève et le souvenir du passage, pour la première fois en France, des plumes d'oie aux plumes métalliques — ces petits becs énervés qui, trois siècles durant, boiront dans les encriers de porcelaine blanche. L'écriture était alors le plus noble des travaux manuels. Après la mort de mon père je trouvai dans ses affaires une boîte à cigares remplie de plumes en acier de toutes formes, servant pour le dessin technique. Certaines ressemblaient à des hippocampes, d'autres à des scarabées ou à de minuscules sarcloirs. Brillantes comme des larmes, elles portaient le deuil de leur maître.

*

Le visage des mères tombe en cascade sur le visage de leurs enfants au berceau.

La mère de Louis XIII signe un traité où elle jure « devant Dieu et les anges » de servir son fils toute sa vie.

Une peau noble, au Grand Siècle, ne peut être que blanche. Madame d'Anguittard est si courtisée qu'elle craint de tout perdre en perdant la pâleur de son teint. Fuyant le soleil, elle ne reçoit que la nuit et fait des cures de jus de pissenlit pour maintenir l'ivoire de son visage. À sa mort on l'enterre suivant son souhait dans son jardin. On installe une volière sur sa tombe. Les oiseaux, pressés de questions par le soleil, lui répondent en dépensant une fortune de gaieté, bien plus que n'eut jamais Madame d'Anguittard dans sa crainte mortifère de tout perdre.

*

Les tombes au mont Saint-Vincent se déploient en éventail autour de l'église comme un jeu de cartes céleste.

Dans la cour de la petite école un tilleul vieillissant jette l'or de son feuillage sur un chagrin d'enfant, empêchant la mélancolie d'accomplir son œuvre assassine.

*

Il y a dans le monde des coccinelles et des banquiers. Les deux sont nécessaires pour que les miracles continuent avec leur arrière-fond de désastre.

« L'argent c'est pas mon genre », dit avec fierté l'autiste devant qui on évoque sa mise en tutelle financière.

*

Rimbaud, écrit Mallarmé, avait un « je-ne-sais-quoi fièrement poussé, ou mauvaisement, de fille du peuple, j'ajoute, de son état blanchisseuse, à cause de vastes mains, par la transition du chaud au froid rougies d'engelures ». Le monde vogue loin de la grâce, et l'oubli descend sur tout, mais rien n'y fait : les « mains de blanchisseuse » de Rimbaud sont pour toujours en relief dans le crâne du lecteur qui les a une fois vues.

*

L'allégresse des petites feuilles dorées qu'un souffle arrache du chêne — comme si mourir était une grâce, l'afflux inespéré d'une étrange souplesse partout dans l'âme.

Le métronome de Bach nous apprend à compter sur nos doigts de ressuscités.

*

Un arc-en-ciel crayonné par un ange enjambait les jardinets de Saint-Sernin. Tout le monde était convié au vernissage.

Le lilas défleuri, gardant ses feuilles à la découpe tendre, se voûtait de douleur. Il cherchait à s'éloigner de la maison dont le propriétaire avait eu cette parole digne d'un reniement évangélique : « J'ignore le nom de cet arbre, je ne le connais pas, d'ailleurs les arbres ne m'intéressent pas. »

Dans l'église de Couches le soleil traversant les vitraux jette de la confiture rouge et jaune sur le dallage. Une madone sur un tableau a le cœur transpercé par sept glaives, autant que de jours de la semaine.

*

Sous le choc d'une seule parole j'ai vu son visage monter au paradis comme un ballon d'enfant.

*

Dans le jardin de la maison de Marcigny, rue de la Tour-du-Moulin, il y avait un bouleau. Mon cœur a tremblé quand j'ai posé ma main sur son écorce d'un blanc neigeux, striée de fines blessures vert tendre. Saint Thomas devait poser une main aussi peu sûre d'elle sur les plaies lumineuses de son jeune maître. Il y a plusieurs portes dans le monde qui donnent sur un autre monde. On ne peut les ouvrir mais il suffit de les contempler pour connaître l'invisible qu'elles protègent. L'énigmatique éclat du bouleau — ce velours blanc et ces blessures qui n'accusent personne — prophétise la lumière qui un jour tombera en avalanche sur nos âmes sanctifiées.

*

Dans ce rêve la porte de la maison, ouverte, était aux trois quarts obstruée par des manuscrits empilés. Par le quart restant je voyais un ciel bleu sans histoire.

*

L'air est parfois si immobile au-dessus du pré que le cœur s'arrête de battre comme avant une parole fatale. Puis le cœur repart, la parole n'a pas été dite, la lumière relance les dés.

Aujourd'hui je n'ai rien su faire et n'ai été à la hauteur de rien. La journée a été blanche comme un papier qu'au soir le diable a fourré dans sa poche.

Je me demande pourquoi les frelons sont si méchants, peut-être ont-ils eu une enfance difficile ?

*

Dans le quartier de la Villedieu, sous un arbre aux feuilles rouges, des moineaux se baignent dans une flaque, troublant le nuage blanc qui s'y reflète.

J'ai toujours su que mon père n'était pas mort.

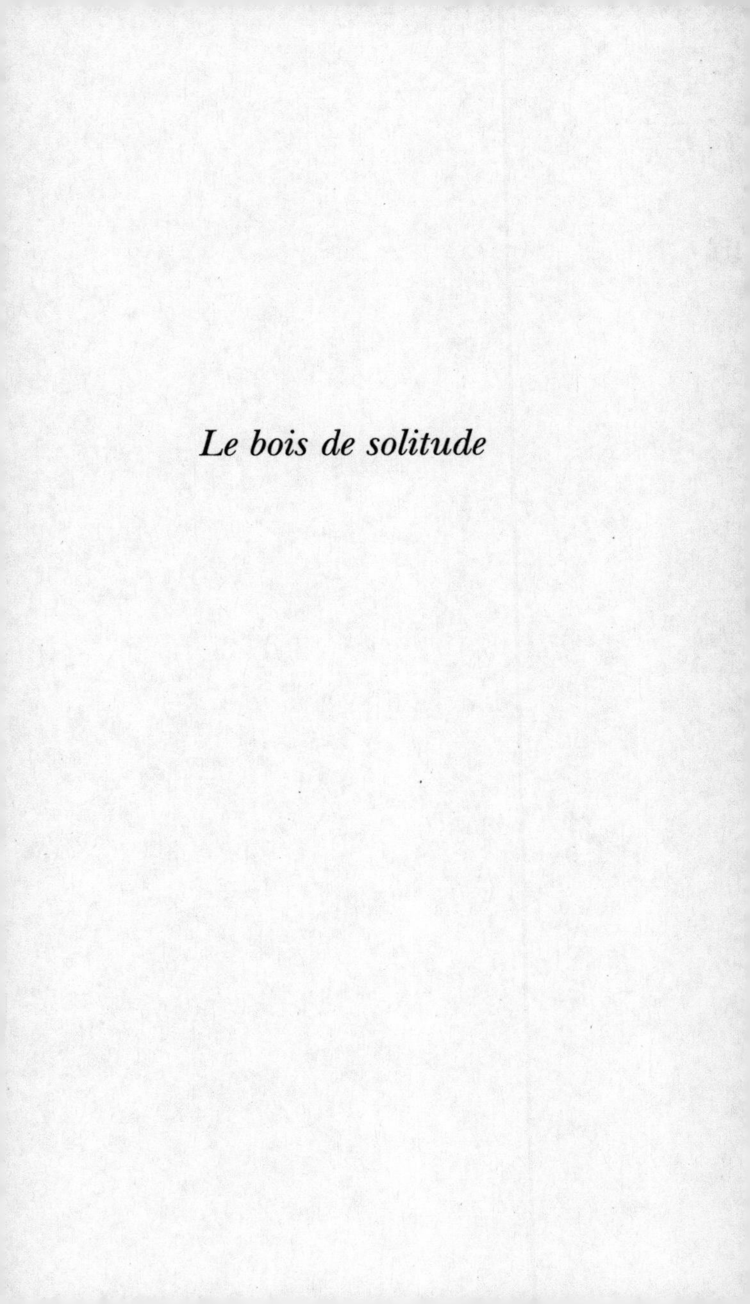

Le bois de solitude

Monsieur des Yveteaux, ancien précepteur de Louis XIII, disgracié, achète une maison à une extrémité de Paris, là où la campagne commence, ce qui lui vaut d'être surnommé « le dernier des hommes ». En 1627, se promenant dans son jardin, ses yeux croisent par la porte ouverte sur la rue les yeux tristes d'une femme enceinte. C'est une harpiste qui gagne sa vie en jouant dans les cabarets. En une seconde elle pince toutes les cordes de l'âme de Monsieur des Yveteaux. Il l'installe chez lui avec son mari, lui donne les clés de sa maison et de ses pensées les plus intimes. Des chroniques de l'époque notent cette alliance. L'écriture met son pied dans la porte du jardin du dernier homme, la maintenant ouverte pour qu'une harpiste mélancolique s'y encadre jusqu'à la fin du monde.

*

En fin d'après-midi, au-dessus du carrefour des quatre chemins, une longue écharpe d'air rose et bleu flottait, perdue par une quelconque reine des cieux.

*

Elle serrait son pain sur sa poitrine comme un nouveau-né.

Si nous avions le dixième de l'attention qu'a le chat pour le vol de la mouche — le monde serait sauvé.

*

Voilà bientôt quinze ans que G. a traversé les murailles en feu de la mort. Tout a brûlé d'elle sauf sa bonté. Toutes choses dans ce monde ont des rouages qui finissent tôt ou tard par être découverts. La bonté est la seule vraie énigme — ce que savent les libellules et les assassins.

De celui qui part sans un adieu ou sans payer on dit au dix-septième siècle qu'il « fait un trou dans la nuit ».

*

Antoine Arnauld bataille pour le jansénisme avec une épée d'encre. Chassé de France, menacé, il se réfugie à Bruxelles. Il y vit ses dernières années cloîtré dans une maison, ne sortant que pour une promenade dans l'étroit jardin qu'on recouvre alors d'une toile afin que les voisins ne s'aperçoivent pas de sa présence.

Quand il veut voir un peu de ciel, il ouvre un livre.

*

Ils marchent en projetant devant eux, à moins d'un mètre, l'idée qu'ils se font d'eux-mêmes : leur âme arrogante ou craintive leur ouvre le chemin. Le saint est celui qui avance précédé par la seule idée qu'il se fait de Dieu — un amandier en fleur qui vient à notre rencontre.

Le Versailles de Louis XIII est selon Saint-Simon « un petit château de cartes ». Port-Royal est le courant d'air qui le menace.

*

La patte de chat de Jean-Sébastien Bach sur mon cœur rouge me donne une délicieuse paix imméritée.

Dans le petit bois nommé « La solitude » les sœurs de Port-Royal se réunissent en cercle. Assises sur des bancs de pierre elles prient tout en filant. Dieu connaît alors ce fragile bonheur du petit enfant près de sa mère qui coud.

*

Le soleil aux abois s'était blotti contre une fenêtre de Saint-Sernin quand les chasseurs l'ont trouvé.

Devant l'arc-en-ciel double tous mes soucis se sont évanouis.

*

Le 21 mars 1656 Monsieur Lemaistre écrit au « petit Racine » à Port-Royal et lui demande de lui envoyer un livre qu'il trouvera dans la bibliothèque du château de Vaumurier, sans oublier de dépoussiérer les onze volumes de saint Jean Chrysostome et de mettre autour d'eux « des écuelles de terre remplies d'eau » pour éloigner les souris rongeuses. Les souris ressuscitées par le vivant de cette lettre filent dans la chambre de lecture plus de trois siècles après avoir été nommées. Sans l'écriture, Dieu lui-même, maître des souris et de tout vivant, serait quelquefois entrevu mais aussitôt perdu.

*

Le ciel orageux donne au pré une clarté assassine. Lorsque Dieu fait une dépression, la lumière souffre et lance quelques cris mauves.

Maintenant que tout est détruit nous pouvons enfin commencer à penser et à aimer.

*

J'ai rêvé qu'après la mort de Jean Grosjean chacun de ceux qu'il avait connus devait faire le sacrifice d'un livre, choisi pour exprimer le monde du disparu. C'était une vieille coutume d'offrir un livre à un mort : l'ensemble des textes recueillis dessinait l'âme de l'absent dans toutes ses nuances. Je choisissais un livre de Kierkegaard que j'ajoutais à ceux déjà empilés, formant une masse aussi impressionnante qu'une meule ou qu'un bûcher.

La mère prieure chassée de Port-Royal, interrogée sur le lieu où elle souhaite être conduite, répond que cela lui est égal : « J'espère trouver Dieu partout où je serai. »

Toute la fortune du chêne est à ses pieds, des centaines de pièces d'or.

Je suis vivant, assis devant une table en bois, je regarde la lumière pleuvoir sur le jardin — qu'irais-je demander d'autre ?

*

Pas de joie plus grande que de trouver le mot juste : c'est comme venir au secours d'un ange qui bégaie.

Une seconde de relâchement et le papillon posé sur la phrase s'envole à jamais.

Madame de Gironde, quand elle évoque ses nombreux amants, parle de ses « mourants ».

De la bouche des gueux comme de celle des rois sortaient chaque jour des rameaux d'or.

*

À onze ans Marie-Charlotte revêt l'habit des pensionnaires de Port-Royal. L'enfant est d'une humilité farouche. Elle meurt à quatorze ans, saisie de frayeur à la vue d'un lézard qui s'était caché dans sa robe. Le lézard et la petite sainte disparaissent du monde à la vitesse de l'éclair.

La couronne d'épines du Christ ressemble à l'armature d'un nid d'oiseau.

*

La première neige est le sourire des morts.

Une neige de papier blanc éclairait le ciel au-dessus du Creusot. Je parlais avec ma mère et ma sœur. Ma cousine est venue. La vie la plus banale est la plus profonde. Nous parlions si gaiement de choses si légères que nous traversions sans la voir notre mort à venir et que l'éternité nous entourait avec ses anges volant au-dessus des toits émerveillés de l'usine.

Un livre du dix-septième siècle prétend que les Norvégiens, plus friands de pain dur que de pain « tendre », en cuisent un entre deux pierres qui se garde plusieurs dizaines d'années, « de sorte qu'à la naissance d'un enfant on mange du pain qui a été cuit à la naissance de son aïeul ». Le même ouvrage dit que les Norvégiens peuvent, trois jours durant, se nourrir d'une poignée de neige. Les anges en ce temps-là sont assez répandus.

Furetière appelle « neige » une dentelle faite mécaniquement, de peu de valeur. Il donne le même nom à des confitures rafraîchissantes.

*

Nous sommes quelques-uns à porter en triomphe le cercueil vide d'André Dhôtel à travers la nuit du monde, tandis que son âme brille au zénith comme l'étoile fantaisiste de la vie bonne et sans calculs.

Mourir est une saveur que nous connaîtrons tous, un pain de lumière dont nous sommes les moineaux effrayés.

Marie Dubois, assistant à la fin de Louis XIII, note l'éblouissant détachement qui fait s'ouvrir une porte de service au fond du ciel : « Tout le monde voyait le plus grand roi de la terre quitter son sceptre et sa couronne avec aussi peu de regret que s'il eût laissé une botte de foin pourri. »

Un chanoine de Notre-Dame, agonisant, voit ses serviteurs faire main basse sur ses biens. Un singe vole son bonnet carré et le met sur sa tête. À cette vue, le chanoine éclate de rire si violemment qu'il crève l'abcès de sa gorge et en guérit. Tallemant des Réaux qui relate cette histoire, envoie le singe coiffé au septième ciel de la lecture, à l'abri de la mort.

*

La bonté s'engouffrait dans les yeux de chouette de Dinu Lipatti. La mort la suivait, profitant de son sillage.

Nous avons quelques secondes pour devenir des saints ou des diables, pas plus.

*

Soudain j'ai vu le tablier de boucher des religieuses de Port-Royal avec la croix sanglante sur leur poitrine, preuve du travail bien fait, j'ai entendu la violence de leur réponse à la violence du monde et j'ai encore plus aimé ces filles qu'un évêque jugeait « pures comme des anges, orgueilleuses comme des démons ».

*

En 1642 Philippe de Champaigne, portraitiste de Port-Royal, peint une *Annonciation* où la Vierge, avec aux lèvres le poinçon d'un sourire soupçonneux, regarde venir à elle un ange dont la robe est de la glace à la vanille et le manteau de la glace au cassis, luisantes de commencer à fondre devant le feu dans la cheminée. L'image aspire l'âme fascinée du spectateur comme on aspire une poussière d'or.

Selon Giacometti, au musée, les gens sont bien plus extraordinaires que les tableaux qu'ils admirent.

*

Tordre le cou à la volaille des explications.

*

J'avais ce soir-là parlé de mes livres à Autun. À la fin une petite fille m'avait tendu un papier : « J'ai dessiné ton âme. » Mon âme ressemblait à un bébé en apesanteur dans le blanc du papier. La soirée s'était poursuivie dans une maison aussi profonde qu'une dent creuse. L'association qui m'avait invité semblait une réunion de comploteurs. À mon départ il neigeait. J'avais un peu de route à faire. La neige surgissait par rafales à un mètre de moi, du néant ou d'une décision divine. Elle m'a accompagné jusque chez moi. Elle n'était pas plus mystérieuse que les visages découverts dans la maison d'Autun, eux aussi jaillis du néant ou d'une décision divine. Je ne m'habituerai jamais à rien.

*

Il n'y a que les rois d'esprit qu'on ne peut pas décapiter.

*

La tête de la vache — comme une enclume avec des yeux exorbités — dépassait de la bétaillère : j'ai vu une innocence qu'on découpait en morceaux comme du bois. Le camion s'est éloigné, deux autres têtes de Dieu sont apparues derrière les barreaux, giflées par l'air, en route vers le sacrement de la mort.

J'attends de me réveiller. La chambre noire est de ce côté, pas de l'autre.

Du tombeau noir de ma chambre d'enfant, la nuit, j'entendais dans la pièce à côté la voix lumineuse de mes parents parlant de la journée enfuie. Je n'ai jamais rien entendu de si beau.

En 1644 Philippe de Champaigne peint *L'Adoration des bergers*, un tableau nocturne où la Vierge, écartant de deux doigts pincés le drap qui couvre son nouveau-né, délivre une aveuglante lumière blanche. Le bébé avec sa tête nimbée de marmelade d'oranges semble avoir mille ans de sagesse et d'études.

La jeune femme, écartant à ma demande le tissu qui le couvrait, me montra le visage de son bébé : une parfaite incarnation de la pensée dormante, pur chef-d'œuvre de chair et d'esprit. « En plus, me dit-elle, rayonnante, il est gentil. » Je la regardai s'éloigner, transfigurant de son ravissement la grisonnante rue Leclerc.

Nous traversons l'océan de cette vie dans notre berceau — et il tient bon.

*

Le sommeil du chat sanctifie la maison et en brûle tous les fantômes.

*

Le clavecin de Bach est la Comtoise de Dieu. Il s'en sert pour égrener le temps qui nous sépare de lui.

Que ma main droite devienne un cerisier en fleur.

*

Jugeant sa vie de prières trop luxueuse, Suzanne de Sainte-Cécile cherche dans le grenier de Port-Royal la robe la plus souillée, trouve celle de la novice qui s'occupait des vaches, la revêt et s'agenouille devant la mère Angélique en la suppliant de lui confier les travaux les plus rebutants, avec autant de charme qu'en déploient les courtisans versaillais pour quémander un privilège à leur roi.

Au dix-septième siècle pour aller du pays du Creusot à celui de Port-Royal, il fallait trois à quatre jours de cheval. Aujourd'hui deux heures de train suffisent. Cette époque qui aime tant les voyages les a supprimés.

Pour Lemaistre de Sacy, traducteur de la Bible de Port-Royal, voyager c'est « voir le diable habillé de toutes les façons ».

*

Sortant dans la nuit noire chercher une bûche, les étoiles vertes m'ont lapidé.

*

Le cardinal de Retz raconte sa vie de brigand sur un ton si gai qu'à le lire un peu de sainteté tombe dans l'âme du lecteur.

La lassitude est le seul péché mortel.

*

André Dhôtel, soulevant le chapeau de paille de ses phrases, salue la terrible bienveillance du ciel pour ses passants.

Une pluie de soleils.

Même la mort finit par s'user.

*

La plupart des sautillements d'un moineau n'ont pas d'autre cause que sa stupéfaction enjouée de vivre. Dans leur quête inlassable de nourriture les bêtes connaissent des grâces contemplatives. Négligeant le besoin qui les anime, leur rêverie sans image leur ouvre le royaume des cieux.

Avant la destruction du cimetière de Port-Royal, l'autorisation est donnée aux familles de reprendre leurs morts. Dix cœurs enfermés dans dix boîtes de plomb sont déposés comme dix lingots d'or céleste dans l'église voisine de Magny.

La bougie allumée sur le manteau de la cheminée a la présence intimidante de ceux qui, revenus de la mort, parlent de la vie avec une amitié distante.

Ne pas chercher son intérêt mais l'intérêt de ce qu'on voit est la formule de l'esprit.

François Visaquet éduque les enfants du président Gobelin pendant quinze ans. Un jour ensoleillé de janvier 1645 il passe devant une croix de pierre dans la cour des jacobins de Paris : son grec et son latin s'effondrent, il ne croit plus qu'à l'incroyable et rejoint Port-Royal des Champs dont il ne sortira plus. Gobelin lui doit cent écus. Il ne les lui donne pas, jugeant Visaquet « hérétique ». Celui-ci ne se plaint pas de sa pauvreté nouvelle, ni de l'apoplexie qui le frappe et des douleurs nombreuses qui l'escortent jusqu'à sa mort. Le trait du soleil, ricochant sur la croix de pierre, avait pénétré son cœur. Du silence coulait de la blessure.

*

La vérité est une ambiance : on ouvre un livre, on entre dans une pièce et on sait.

*

« Il n'y a presque plus de gens comme vous qui cherchent de vieilles bibles, c'est fini, ça », me dit la marchande de livres anciens. Dehors, dans les rues pavoisées pour les fêtes une triste gaieté tombait des haut-parleurs comme de la cendre. La paix des âmes est hors de prix.

*

Dans ce rêve une jeune aristocrate posait son pied joliment chaussé sur la première marche d'un échafaud. Je lui disais connaître un moyen pour empêcher la mort proche de la saisir : tous nos malheurs venant de ce qu'une part de notre âme errait dans le passé tandis que l'autre titubait dans l'avenir, il suffirait d'habiter l'instant présent dans sa plénitude pour que la mort ne trouve plus notre porte — la profonde conscience d'être vivants nous rendant éternels. Le rêve était parcouru d'autres pensées — comme un frisson parcourt une peau —, trop nombreuses pour que je les retienne toutes. C'était comme si j'avais plongé la main dans un sac de pièces d'or et que la plupart glissaient entre mes doigts. À la fin du rêve je revis la jeune aristocrate. Son pied ne s'était pas posé sur la deuxième marche de l'échafaud. La mort ne savait plus l'atteindre.

*

Poussin, avant de commencer un tableau, fabriquait une maquette de bois où il installait des figurines de cire molle représentant ses sujets. Il les vêtait de toile de Cambrai mouillée pour étudier les plis de leurs vêtements et voir comment se répartiraient les ombres et la lumière. Ce n'est qu'après avoir joué à la poupée qu'il s'attelait à la peinture.

L'enfant est le maître du maître.

Une nuit de 1672 Poussin, une lanterne à la main, raccompagne un cardinal jusqu'à son carrosse. L'homme d'Église plaint le peintre de n'avoir pas de serviteurs. « Et moi, dit Poussin, je plains bien plus votre illustre seigneurie qui en a beaucoup. »

Quelque chose se tient constamment à nos côtés, prêt à nous aider.

*

Il n'y a que les poètes et la mort qui savent lire l'heure.

*

Dans le monastère d'Uchon deux moniales vêtues de noir. Leur sourire, traversant le visage des visiteurs, répond au sourire des sœurs de Port-Royal, quatre siècles plus tôt.

Les fresques avec l'or sur les manteaux des saints font de l'œil un enfant.

*

Du temps de Vermeer les enfants font rouler leurs billes sur les allées à l'intérieur des églises de Delft, plus propices à ce jeu que les ruelles pavées. Le tintement des billes fait sursauter Dieu, le tirant du sommeil de ses rites.

Marie de Médicis croit que les grosses mouches qui volent dans une pièce colportent dans d'autres pièces les mots qu'elles ont entendus. Dès qu'elle voit une mouche chercher son chemin entre les atomes de l'air, elle ne dit plus rien de secret.

Il faut chercher en tout l'innocence — on finira par l'y trouver.

*

À chaque instant, à deux doigts d'un miracle.

*

Un panier d'anges et de démons.

*

Nous sommes des aveugles dans un palais de lumières. Des serviteurs dont nous ignorons le nom se précipitent devant nous, écartant les meubles pour nous éviter toute blessure grave.

Un camion de trente tonnes roule sur des pâquerettes qui se redressent juste après.

La chambre 115

Il faisait moins trois degrés cette fin d'après-midi de dimanche. L'homme remontait la rue du Maréchal-Foch menant à l'hôpital, bras ballants, mains orphelines. Le vent d'est glaçait son costume, un tissu croisé de défaite et de résignation. Je le voyais de dos. Les dos valent visages. Ce sont les livres comptables de l'âme. On y trouve pour chacun la hauteur de la ligne « débit ». Pendant une seconde les invisibles frontières ont éclaté et il n'y eut plus aucune différence entre cet homme et moi : c'était moi-même que je voyais de dos, luttant en vain contre le vent, resserré sur l'enfantine détresse qui à chacun tient lieu d'âme. Je compris que rien n'était jamais impardonnable, et qu'il était insensé d'en vouloir à qui que ce soit dans cette vie où ne se trouvent que des enfants dont le cœur bleuit de froid à la tombée du jour. Je n'ai pas regardé en le dépassant le visage de l'homme. La Bible de son dos glacé m'avait déjà tout appris de lui, de moi et de tous. Il était poussé en avant par un courage qu'il ne connaissait pas. Nous ne sommes pas des saints, nous sommes seulement tout près de l'être. Un jour nous serons sauvés c'est-à-dire soulevés un peu plus haut que le plus haut des cieux, jusque dans les bras du soleil.

Port-Royal est désormais une petite chambre au service gériatrie de l'Hôtel-Dieu du Creusot. Un lit, un fauteuil. Face au lit, une grosse horloge dessinée par un Dieu sadique. Dans cette chambre plus déserte qu'une cellule janséniste on ne peut que désespérer de tout, ou connaître un jour l'illumination du rien. Les soldats du roi en uniforme blanc vont et viennent dans le couloir. Ils n'ont aucune prise sur ce qui se passe au monastère du 115, dans cette cellule du visage amaigri, sidéré, de celle qui en entrant ici a juste dit : « À présent, il faut penser autrement. »

Tous les hôpitaux sont à l'intérieur d'un quartier de lune. Rendre visite à un malade est le plus extraordinaire des voyages qu'on puisse accomplir dans cette vie.

*

Jean-Sébastien Bach écrit ses suites pour violoncelle comme le chat fait sa toilette — même scrupule à ne rien négliger, passages et repassages aux mêmes endroits avec d'imprévisibles brisures de langue ou d'archet.

*

Petit, noiraud, agité de saccades, « bavant comme une vieille putain », Chapelain est un de ceux qui mènent la langue française à son point de fleur d'oranger. Angélique Arnauld, sur les peintures qui attrapent son âge mûr, a le visage d'une pomme de terre qu'un ange viendrait de sortir du ciel gelé. Les travailleurs de l'invisible n'ont cure de leur image.

*

Comme je demande à ma mère si les actualités qu'elle aimait suivre ne lui manquent pas trop, elle tourne ses pouces vers elle pour me dire sans phrase « les actualités, désormais, c'est moi ».

Son visage s'arrache par rares instants aux cordes de la douleur qui l'empêchent de voler. Il devait ainsi y avoir des printemps éphémères dans les cellules de Port-Royal, quand Dieu écornait une âme du bout d'un ongle, suscitant une floraison éblouissante.

Ces petits malins du dix-septième siècle, ils sont devant moi sur la table comme des soldats de plomb. Il se sont cajolés, flattés, entre-tués. Les uns ont cru que Versailles était un paradis, les autres ont décrété que Port-Royal était seul authentique. La mort autoritaire a renversé tous ces causeurs mais leurs voix demeurent et leur manière ensoleillée de s'entrechoquer : leur joie à vivre était leur vérité profonde, divine, contagieuse des siècles plus tard.

J'écris pour dire que nous sommes bien sur la même terre et que le dernier mot est une corde d'amour dont la vibration ne cesse jamais.

*

Le gobelet fermé en plastique vert, avec un bec verseur, sur la table de chevet de l'hôpital : toute la fabuleuse puissance de la vie s'est réfugiée en lui. Ma mère demande qu'on y verse quelques gouttes de citron pour conjurer la fadeur de l'eau et faire éclater un timide soleil dans son palais. Sans aucun plaisir la vie ne tiendrait plus. Même les retirées de Port-Royal s'enivrent de l'odeur d'un rameau de buis frais coincé sous une croix. Le gobelet dispense à ma mère une joie pauvre, fugace, vitale. Il a l'intensité mystique d'un donateur céleste.

Profitant d'un assoupissement de ma mère j'ai lu deux pages de Pascal. La pression du silence donnait à chaque mot la densité de l'or. Puis ma mère a rouvert les yeux et tourné vers moi un visage étonné de douleur. Le livre ne pesait plus rien.

*

Richelieu à qui l'on demande combien de messes sont nécessaires pour tirer une âme du purgatoire : « Autant qu'il faudrait de pelotes de neige pour chauffer un four. »

*

Dans chaque chambre de l'hôpital, par les portes entrouvertes, une pietà ou une descente de croix dans les lueurs bleutées jetées par le pinceau méticuleux de Philippe de Champaigne — comme un vivant musée de la compassion.

Au dix-septième siècle devant les maisons où souffre un malade on plante des piquets pour détourner les passants et éloigner leurs voix. On jette aussi de la paille sur le pavé pour assourdir l'allégresse des bruits de sabots. Aujourd'hui dans les hôpitaux, juste le bruit du pas éternellement pressé des soignants. Les rumeurs de la ville ne montent plus jusqu'au Golgotha.

*

Le cercle impassible de l'eau fraîche dans l'écuelle — brisé par la petite langue rose du chat : la vie plus grande que toute sagesse.

La pluie, si belle avec son insouci de plaire et la fièvre de ses longs yeux gris.

Le tilleul devant la fenêtre de la rue Traversière au Creusot — un monastère frémissant de prières parfumées.

Du cloître rasé de Port-Royal demeure une croix de fer qui en marque le centre. Une double rangée de tilleuls en rappelle les galeries, où déambulent les moineaux ivres de ciel.

L'écriture est le doigt qui montre le miracle.

L'île de Nordstrand au Danemark a ses digues brisées par l'océan dans la nuit du 11 octobre 1634. Pour aider à la reconstruction le maître de l'île fait appel à des fonds privés. En échange il offre la liberté de culte. Quelques solitaires de Port-Royal s'enthousiasment et avancent de l'argent, rêvant d'un domaine où le ciel, l'eau et la terre seraient d'un bleu-gris janséniste. Ils se heurtent à une mystique qui a déjà fait son nid sur place, Antoinette Bourignon. Par la plaie d'un procès tout le sang de l'argent janséniste s'en va. Ils renoncent et reviennent à la vie quotidienne incomparablement plus aventureuse que tous les rêves d'île déserte.

*

Pablo Casals chaque matin de sa vie joue une suite pour violoncelle de Bach comme on se débarbouille à la fontaine.

*

Dans un dictionnaire du dix-septième siècle, au mot « fraise » : « petit fruit rouge ou blanc, qui croît dans les jardins et dans les bois. Ils ressemblent au bout des mamelles des nourrices ». La poésie est la greffe d'un nom sur un autre issu d'un domaine différent, les deux s'enflammant de se découvrir brutalement mariés.

Il faut des hommes pour tout, pour conduire les chevaux comme pour nommer les étoiles. Chacun est nécessaire et parle de son domaine avec des mots si précis que ce sont à son insu des mots de poète. Le dictionnaire de Furetière en 1690 est un filet tendu où se prennent, sans s'y briser les ailes, tous les oiseaux artisans de la langue française.

Le français sort définitivement de la gangue du latin au dix-septième siècle. Corneille qui — avec La Fontaine et Pascal — en nettoie le diamant brut est un jeune homme timide, presque bègue, dont, dit Fontenelle, « la prononciation n'est pas tout à fait nette ». Nos infirmités sont la monnaie de nos grâces.

Au marché, des pommes jaune cire, mouchetées. Une variété nommée « clocharde » : leur nom intensifie leur saveur.

Je ne sais ce qui me ravit le plus dans *L'Offrande musicale* de Bach : l'aristocratique timidité des notes ou le simple nom de l'œuvre, tintinnabulant dans mon cerveau avec celui de Port-Royal comme deux clés au trousseau d'un ange.

*

J'emmène parfois une trousse de commis voyageur aux enfers, j'y passe une nuit ou une minute puis je reviens, mais je connais bien ce lieu qui donne sa densité à l'émerveillement de vivre.

Dieu est tout ce dont est capable de vérité un être humain.

*

De sa fille mongolienne âgée de quarante-sept ans il dit : « C'est mon petit boulet en or. »

Ce merveilleux casse-tête de la vie.

Sur le trottoir devant la maison de retraite de Birmingham deux fauteuils rouges crevassés attendaient d'être emportés. Quelques feuilles mortes s'étaient posées dessus. Cette image était une miniature de la maison en face, sa vérité sans fard. Ce n'est pas moi qui écris mes livres, c'est la vie rêveuse.

*

Les grandes marées montantes des chorales de Bach lancées contre les falaises blanchâtres de mon cerveau.

La gloire du soleil contre une vitre sale.

La vie n'attend que nos yeux pour connaître son sacre.

Le soir qui entre par les fenêtres de l'Hôtel-Dieu se heurte aux écrans cristallins des ordinateurs où les corps des malades sont traduits en chiffres tandis que leurs âmes, impossibles à quantifier, sont abandonnées au désert des chambres, oubliées comme elles commençaient de l'être dans les livres scintillants de Descartes.

Je ne sais pas vivre mais qui le sait ? Il n'y a pas d'école pour les squelettes ni pour les anges et nous sommes un peu des deux à la fois. Je ne sais pas vivre, seulement voir les miracles. La neige après avoir rendu impossible toute sortie pendant deux jours avait commencé à fondre. Sa blancheur piquée de diamants bleus était la robe d'une reine qui sans cérémonie entrait dans mon âme paysanne. « Dis un seul mot et je serai guéri. » Elle n'a pas dit ce mot mais elle l'a suggéré. L'herbe est réapparue avec sa petite affirmation crâneuse sous le ciel dur. Les gens de Port-Royal étaient captifs de quelques trilles d'évangélistes, d'une poignée de neige. Il y aura toujours, pour sauver le monde, quelques âmes éprises de ce qu'elles ont entrevu ou cru entendre. C'est par sa destruction totale que Port-Royal triomphe : le Bien finit toujours par perdre, c'est sa manière de gagner. Nous vivons au pied d'une montagne enneigée qui dès l'instant de notre naissance a commencé à s'écrouler sur nous.

Dans l'éblouissement de cette avalanche la pensée s'éveille et les apparitions se multiplient. L'âme est une hirondelle qui prend ses connaissances à la vitesse de l'éclair. La seule réponse au désastre est de le contempler et de tirer une joie éternelle de cette contemplation.

Le guichet du parloir 9
La salle du chapitre 31
Le cloître 49
Les cent marches 59
Le cimetière du dedans 77
Le dortoir des religieuses 97
La porte rouge 111
L'église et le chœur 127
Le bois de solitude 139
La chambre 115 163

CHRISTIAN BOBIN
PRIX D'ACADÉMIE 2016

Aux Éditions Gallimard

LA PART MANQUANTE (Folio nº 2554)
LA FEMME À VENIR (Folio nº 3254)
UNE PETITE ROBE DE FÊTE (Folio nº 2466)
LE TRÈS-BAS (Folio nº 2681). Grand Prix catholique de littérature 1993 et prix des Deux-Magots 1993
L'INESPÉRÉE (Folio nº 2819)
LA FOLLE ALLURE (Folio nº 2959)
DONNE-MOI QUELQUE CHOSE QUI NE MEURE PAS. *En collaboration avec Édouard Boubat*
LA PLUS QUE VIVE (Folio nº 3108)
AUTOPORTRAIT AU RADIATEUR (Folio nº 3308)
GEAI (Folio nº 3436)
RESSUSCITER (Folio nº 3809)
L'ENCHANTEMENT SIMPLE et autres textes. *Préface de Lydie Dattas* (Poésie/Gallimard nº 360)
LA LUMIÈRE DU MONDE. Paroles réveillées et recueillies par Lydie Dattas (Folio nº 3810)
LOUISE AMOUR (Folio nº 4244)
LA DAME BLANCHE (Folio nº 4863)
LA PRÉSENCE PURE et autres textes (Poésie/Gallimard nº 439)
LES RUINES DU CIEL (Folio nº 5204)
UN ASSASSIN BLANC COMME NEIGE (Folio nº 5488)
LA GRANDE VIE (Folio nº 6009)
LA PRIÈRE SILENCIEUSE. *En collaboration avec Frédéric Dupont*
NOIRECLAIRE (repris avec CARNET DU SOLEIL en Folio nº 6498)
LA NUIT DU CŒUR (Folio nº 6857)
PIERRE,

Dans la collection « Écoutez-lire »

LA PART MANQUANTE (2 CD)

LA FOLLE ALLURE (1 CD)

Aux Éditions Lettres Vives

LE HUITIÈME JOUR DE LA SEMAINE

L'ENCHANTEMENT SIMPLE (repris avec LE HUITIÈME JOUR DE LA SEMAINE, L'ÉLOIGNEMENT DU MONDE et LE COLPORTEUR en Poésie/Gallimard n° 360)

L'ÉLOIGNEMENT DU MONDE

L'AUTRE VISAGE

MOZART ET LA PLUIE

LE CHRIST AUX COQUELICOTS

UNE BIBLIOTHÈQUE DE NUAGES

CARNET DU SOLEIL (repris avec NOIRECLAIRE en Folio n° 6498)

LE CHRIST AUX COQUELICOTS

LA MURAILLE DE CHINE

Aux Éditions Fata Morgana

SOUVERAINETÉ DU VIDE (repris avec LETTRES D'OR en Folio n° 2681)

L'HOMME DU DÉSASTRE

LETTRES D'OR

ÉLOGE DU RIEN

LE COLPORTEUR

LA VIE PASSANTE

UN LIVRE INUTILE

ÉCLAT DU SOLITAIRE

Aux Éditions du Mercure de France

TOUT LE MONDE EST OCCUPÉ (Folio nº 3535)
PRISONNIER AU BERCEAU (Folio nº 4469)

Aux Éditions Paroles d'Aube

LA MERVEILLE ET L'OBSCUR

Aux Éditions Brandes

LE FEU DES CHAMBRES

Aux Éditions Le Temps qu'il fait

ISABELLE BRUGES (Folio nº 2820)
QUELQUES JOURS AVEC ELLES
L'ÉPUISEMENT (Folio nº 5919)
L'HOMME QUI MARCHE
L'ÉQUILIBRISTE

Aux Éditions Théodore Balmoral

CŒUR DE NEIGE

Aux Éditions de L'Iconoclaste

L'HOMME-JOIE (Folio nº 6341)
UN BRUIT DE BALANÇOIRE (Folio nº 6680)

Aux Éditions Poesis

LE PLÂTRIER SIFFLEUR

Aux Éditions de l'Herne

L'AMOUR DES FANTÔMES

Livres pour enfants

CLÉMENCE GRENOUILLE

UNE CONFÉRENCE D'HÉLÈNE CASSICADOU

GAËL PREMIER ROI D'ABÎMMMMMME ET DE MORNE-LONGE

LE JOUR OÙ FRANKLIN MANGEA LE SOLEIL